Emily

Liz Kessler

Emily

Traduit de l'anglais (Royaume-Uni)
par Charlotte Faraday

hachette
ROMANS

Couverture : © Carine Hinder

Traduit de l'anglais (Royaume-Uni) par Charlotte Faraday

L'édition originale de cet ouvrage a paru en langue anglaise
chez Orion Children's Books,
sous le titre :

The Tail Of Emily Windsnap

Hachette Livre, 58 rue Jean Bleuzen, 92170 Vanves.

À Frankie, Lucy et Emily.
Et à papa.

Venez, enfants chéris, allons-nous-en,
Plongeons plus loin et plus profond encore !
À présent, mes frères me hèlent depuis la baie,
À présent, les vents puissants soufflent vers le rivage,
À présent, la houle salée recule vers le large,
À présent, folâtrent les blancs chevaux sauvages,
Qui piaffent et piétinent et s'ébrouent dans l'écume.
Chers enfants, allons-nous-en !
Par ici, par ici !

Matthew Arnold,
Le Triton abandonné[1]

---

1. Traduction de Pascal Aquien, *Éternels Étrangers en ce monde*, La Différence, coll. « Orphée », 2012. *(Toutes les notes sont de la traductrice.)*

Chapitre 1

Saurez-vous garder mon secret ?

Je sais que tout le monde en a un, mais le mien est différent. Il est… bizarre. Parfois, j'en fais même des cauchemars. Je rêve qu'on m'enferme dans un zoo ou un laboratoire.

Tout a commencé lors de mon entrée en sixième. C'était le premier mercredi dans mon nouveau collège, et mon tout premier cours de natation. Il me tardait d'apprendre à nager. Jusque-là, ma mère me l'avait interdit. Elle avait peur de l'eau et disait que c'était mauvais pour la santé. Chaque fois que je lui en parlais, elle changeait de sujet.

— On habite sur un bateau, maman. Un bateau entouré d'eau !

— Justement. Jamais je ne mettrai les pieds là-dedans. Regarde toute cette pollution ! Allez, aide-moi à peler les légumes.

Fin de la conversation.

J'ai enfin réussi à lui faire changer d'avis pendant les vacances d'été.

— Comme tu veux, m'a-t-elle dit. Apprends à nager, mais ne me force pas à te rejoindre dans l'eau !

Je ne m'étais jamais baignée, ni en mer ni dans une piscine. Même à la maison, je n'ai jamais pris de bain. Je ne suis pas sale – je prends une douche tous les soirs –, mais le bateau est petit et il n'y a pas de place pour une baignoire. Bref, je n'avais jamais été totalement *immergée* dans l'eau.

Jusqu'au premier mercredi de mon année de sixième.

Ma mère m'a acheté un sac de piscine pour ranger mon maillot de bain, mon bonnet et ma serviette. Il y a une illustration dessus. Une femme qui nage le crawl, avec un maillot et des lunettes noires. Je me suis imaginée à sa place, en train de remporter une médaille aux jeux Olympiques.

Bien sûr, ce n'est pas du tout ce qui s'est passé.

À la piscine, un homme en short blanc, tee-shirt rouge et avec un sifflet autour du cou nous a demandé de nous changer dans les vestiaires. Les filles d'un côté, les garçons de l'autre.

Je me suis déshabillée dans un coin, le plus vite possible. Je ne voulais pas qu'on me voie. J'ai les jambes trop maigres et les genoux couverts de bleus à force de monter et descendre du *Roi des mers*. C'est notre bateau. Ce nom est un peu prétentieux pour un petit bateau à voile aux cordes pourries et à la peinture qui s'écaille, mais c'est comme ça qu'il a été baptisé. Entre nous, on l'appelle le *Roi*.

J'ai fini de me changer et j'ai plié mes habits. Julie Crossens m'a souri en rangeant ses chaussures dans un casier.

— J'adore ton maillot ! m'a-t-elle dit.

— Merci ! J'adore ton bonnet de bain.

Mon maillot est noir avec une bande blanche au milieu. Le bonnet de Julie est rose bonbon. Elle a enfoui ses cheveux dessous et j'ai glissé ma queue-de-cheval dans le mien.

Parfois, je m'assieds à côté de Julie en cours, mais ce n'est pas ma meilleure amie. Ma meilleure amie, c'était Sharon Matterson, jusqu'à ce qu'elle parte dans un autre collège. J'aime bien Julie, mais je pense qu'elle préfère Mandy Rushton. Elles passent toutes leurs récréations ensemble.

Être seule ne me dérange pas, sauf quand je me perds en cherchant la cantine ou ma classe. Dans ces moments-là, je préférerais me perdre avec quelqu'un. Mon collège est dix fois plus grand que mon ancienne école ! C'est un vrai labyrinthe, avec des centaines d'élèves.

J'étais en train de ranger mes habits dans un casier quand Mandy s'est plantée entre Julie et moi. Elle m'a regardée de travers et a murmuré quelque chose à l'oreille de Julie. Elles sont sorties des vestiaires en riant.

Mandy habite sur le port, comme moi. Ses parents sont les propriétaires de la salle d'arcade. Ils habitent dans l'appartement du dessus. Avant, on s'entendait bien. Un jour, j'ai dit à ma mère que Mandy m'avait appris à remporter des tours gratuits à la machine à sous. Je ne voulais pas lui causer d'ennuis mais, depuis, Mandy ne m'adresse plus la parole et je n'ai plus le droit d'aller à la salle d'arcade.

Et voilà qu'on se retrouve dans la même classe. Comme si entrer dans un collège de la taille d'une ville n'était pas assez compliqué comme ça !

Tant pis. Je les ai ignorées et j'ai fini de ranger mes affaires.

— Bienvenue, les sixième C ! a dit Bob, l'homme au sifflet. Est-ce que certains d'entre vous savent déjà nager ?

— Bien sûr ! a répondu Mandy. On n'est pas des bébés.

Bob s'est tourné vers elle.

— Très bien. Montre-nous ce que tu sais faire.

Mandy a avancé jusqu'au bord de la piscine et a mis un pouce dans sa bouche.

— Regardez ! Je suis un bébé et je ne sais pas nager !

Elle a sauté et nagé comme un petit chien en faisant semblant de sucer son pouce. Tout le monde a éclaté de rire. Tout le monde, sauf Bob. Il était rouge de colère.

— Sors de cette piscine ! Tout de suite !

Fière d'elle, Mandy est sortie de l'eau et a salué la classe en souriant. Bob lui a tendu une serviette.

— Le spectacle est terminé. Maintenant, assieds-toi et regarde les autres.

— Quoi ? C'est injuste ! Je n'ai rien fait de mal !

Il l'a ignorée et s'est tourné vers le reste de la classe.

— Bon, je répète ma question. Qui sait nager ?

Les trois quarts des élèves ont levé la main.

— Parfait ! Vous pouvez y aller. Les autres, attendez-moi ici. Je reviens dans cinq minutes.

J'ai hésité un instant, puis j'ai rejoint le premier groupe dans la piscine. Je ne sais pas ce qui m'a pris ! Je n'avais jamais nagé de ma vie, mais je sentais que j'en étais capable. L'eau était tellement belle et calme… On aurait dit qu'elle retenait son souffle en nous attendant.

Cinq petites marches s'enfonçaient dans le bassin. J'ai posé un pied sur la première. L'eau tiède m'a chatouillé les orteils. Puis sur la deuxième. L'eau m'arrivait aux genoux. Trois de plus, et j'ai pris mon élan. J'ai mis la tête sous l'eau, j'ai tendu les bras et… j'ai nagé. J'ai répondu à l'appel de l'eau. Je me suis laissé bercer par son silence, propulsant mon corps dans sa texture crémeuse. Apaisée, je suis remontée à la surface. Je me sentais chez moi.

— Bravo ! s'est écrié Bob. C'était parfait ! D'ici la fin du trimestre, je veux que *tout le monde* nage comme ça.

Mes camarades me regardaient la bouche grande ouverte. Mandy m'a lancé un regard noir.

C'est alors que c'est arrivé.

Mes jambes se sont contractées, comme si quelqu'un les avait collées ensemble. J'ai essayé de regagner le bord de la piscine, mais elles étaient dures et lourdes comme la pierre ! Je ne sentais plus mes genoux, ni mes pieds, ni mes orteils. *Qu'est-ce qui m'arrivait ?*

J'ai commencé à couler. J'ai hurlé de toutes mes forces. Bob a sauté tout habillé dans la piscine. Il a posé une main sous mon menton et m'a traînée en nageant sur le dos.

— Je ne sens plus mes jambes !

Il m'a déposée sur les marches. Je suis sortie du bassin et je me suis assise sur le bord, à la fois légère et soulagée.

— Remue la jambe gauche.

Pas de problème.

— Et la droite.

Facile.

— Tu as mal quelque part ?

— Plus maintenant.

— Très bien. Ce n'était qu'une crampe. Repose-toi quelques minutes et reviens quand tu es prête. D'accord ?

J'ai hoché la tête et il a rejoint les autres.

En vérité, j'avais senti quelque chose qu'il n'avait pas vu, et j'avais vu quelque chose qu'il n'avait pas senti. Je ne comprenais pas ce qui m'était arrivé, mais une chose était sûre : jamais je ne remettrais les pieds dans une piscine.

Je me suis assise sur un banc, le plus loin possible du bassin pour éviter qu'on m'éclabousse. Tout le monde s'est baigné, même ceux qui ne savaient pas nager. Bob a laissé Mandy retourner à l'eau.

Après le cours, je suis rentrée chez moi, sous le choc. J'ai longé les quais, terrifiée à l'idée de glisser et de me noyer. Ma peur m'a suivie jusqu'à la maison.

Il y a trois autres bateaux le long de notre embarcadère. Un hors-bord blanc et deux voiliers. Personne ne vit dedans.

Je me suis arrêtée devant le *Roi.* J'ai fixé la planche en bois qui sépare le bateau du ponton. Quand j'étais petite, ma mère me portait pour traverser, mais je le fais seule depuis des années.

Ce jour-là, j'en étais incapable.

— Maman ? Tu es là ?

Ma mère est sortie en robe de chambre, une serviette mouillée dans les cheveux.

— Qu'est-ce qui se passe, Emily ? Je vais être en retard à mon club de lecture !

Autour de moi, les bateaux semblaient se fondre les uns aux autres. J'ai regardé la planche, puis le bateau. La voile était baissée et le mât tanguait. J'avais la tête qui tournait. Je me suis concentrée sur la rangée de hublots.

— J'ai peur de traverser.

Surprise, ma mère a serré le nœud autour de sa taille et m'a tendu la main. J'ai réussi à la rejoindre sur le pont.

— Coquine ! a-t-elle plaisanté en m'ébouriffant les cheveux.

Elle m'a serrée dans ses bras, puis elle a disparu à l'intérieur pour finir de se préparer.

Ma mère a toujours rendez-vous quelque part. L'année dernière, elle prenait des cours de pilates. Cette année, elle a créé un club de lecture. Elle travaille dans une librairie d'occasion sur la promenade. C'est là-bas que les membres du club se rencontrent. Un café, où on peut commander des milk-shakes avec de vrais fruits et des cookies au chocolat, vient d'ouvrir dans la librairie. En fait, c'est juste une excuse pour papoter entre copines autour d'une tasse de thé.

Quand ma mère n'est pas là, elle demande à Millie la Mystique de me tenir compagnie. Millie travaille aussi sur le port. Elle lit l'avenir dans les paumes de la main. Parfois, elle se sert de moi pour s'entraîner au reiki ou au shiatsu. Un jour, elle m'a même tiré les cartes. Elle m'a dit que j'allais avoir de bonnes notes et des compliments de mes professeurs. Le lendemain, j'ai eu la pire note de ma classe à une dictée et on m'a collée pour que je rattrape mon retard.

Ce soir-là, je savais que Millie me laisserait tranquille : ses deux séries préférées passaient à la télé. Tant mieux. J'avais besoin d'être seule. D'une, il fallait que je comprenne ce qui m'était arrivé. Et de deux, il fallait que je trouve une excuse pour ne plus *jamais* avoir à nager.

Ma mère se préparait dans la salle d'eau. J'ai hésité un moment, mais j'ai tenté le tout pour le tout : je lui ai demandé de me désinscrire du cours de natation.

— Tu plaisantes ? s'est-elle écriée. C'est *toi* qui m'as forcée à t'inscrire ! Tu as passé l'été à me bassiner avec ça !

Je n'ai pas insisté. Après tout, elle avait raison. J'ai fait les cent pas dans le saloon – c'est le nom qu'on donne à notre minuscule salon. Comme d'habitude, ma mère s'est mise à fredonner en se maquillant. Ça ne me dérange pas, tant qu'elle ne se met pas à danser.

En général, c'est en faisant les cent pas que je trouve de bonnes idées. Cette fois, rien ne me venait. Je suis passée devant la gazinière, puis devant le vieux canapé, recouvert de sa vieille couverture orange. Un pas à gauche, deux pas à droite. Le plancher grinçait sous mes pieds. *Réfléchis, Emily !* J'ai marché jusqu'à la cambuse – la cuisine du bateau, composée d'un évier, d'un mini-frigo et d'un plan de travail recouvert de briques de lait et de bouteilles vides (ma mère recycle tout). La porte d'entrée est juste en face de la cuisine, en haut d'un petit escalier. Il faut faire attention en descendant les marches. La dernière a tendance à se détacher. Moi, je saute par-dessus. C'est plus simple.

J'ai remonté le petit couloir qui mène à la salle d'eau et à nos chambres. Ma mère s'est plantée devant moi.

Elle portait un nouveau jean et un tee-shirt blanc avec « LOVE » inscrit dessus en lettres pailletées. Je m'étais acheté le même, et il lui allait mieux qu'à moi !

— Qu'est-ce que tu en penses ?

— Tu es parfaite, maman.

Quelqu'un a frappé sur la coque, un bruit qui m'était beaucoup trop familier. C'était M. Beeston, le gardien de phare. Il passe nous voir tous les jours. Il a un œil bleu et un œil vert, il lui manque une dent et il me dévisage toujours d'un air méfiant. Franchement, il me fait peur. Ma mère pense qu'il se sent seul dans son phare, face à la mer, avec pour seul contact les gens à la radio. Elle n'arrête pas de répéter qu'on doit être gentilles avec lui.

Il a ouvert la porte et glissé la tête par l'entrebâillement. Ma mère a attrapé son manteau dans le couloir.

— Bonsoir, monsieur Beeston ! Entrez, je vous en prie. J'ai rendez-vous à mon club de lecture. Millie va bientôt arriver.

Il a descendu l'escalier, le sourire en coin et la cravate de travers. Il lui manquait non seulement une dent, mais aussi un bouton à sa chemise.

— Comment allez-vous, Marie ?

— Très bien, merci !

— Tant mieux, a-t-il dit sans me lâcher du regard.

Millie est arrivée juste après lui. Ma mère m'a embrassée sur la joue et a essuyé la marque de rouge à lèvres avec son pouce.

— Le hachis Parmentier est au four. Je ne rentrerai pas tard, promis.

M. Beeston a ouvert la porte, et ils sont partis ensemble. Millie m'a dévisagée en plissant les yeux.

— Tu es inquiète et confuse, Emily. Je le vois dans ton aura.

Elle a enlevé sa cape noire et allumé la bouilloire. Je suis sortie sur le pont. Ma mère et M. Beeston ont remonté l'embarcadère. Il a tourné à gauche, en direction du phare. Elle a tourné à droite, vers la librairie. Les lampadaires de la promenade étaient déjà allumés, jaunâtres sur le ciel orangé.

J'ai rejoint Millie sur le canapé. On a dévoré notre repas avec nos assiettes sur les genoux et on s'est moquées du présentateur météo. Quand sa série préférée a commencé, elle m'a fait signe de me taire.

J'avais une heure devant moi.

J'ai posé nos couverts sales dans l'évier, j'ai attrapé un stylo et du papier à lettres violet dans l'armoire du saloon et je me suis enfermée dans ma chambre.

Voilà ce que j'ai écrit :

Chère Madame Partington,

Merci de bien vouloir désinscrire ma fille Emily du cours de natation. Nous revenons de chez le médecin. Emily est victime d'une allergie et elle ne DOIT SURTOUT PAS s'approcher de l'eau. Du tout. JAMAIS.

Bien cordialement,

Marie Pénélope Claquevent

À son retour, ma mère est entrée dans ma chambre. J'ai fait semblant de dormir. Elle a marché sur la pointe des pieds, déposé un baiser sur ma tête et enlevé les cheveux de mon front. Je déteste quand elle touche à ma frange. J'ai attendu qu'elle sorte pour me recoiffer.

Mon plafond est recouvert d'étoiles fluorescentes. Je les ai fixées pendant des heures, à la recherche d'une explication. J'ai repensé au plaisir que j'avais ressenti en nageant, à la douceur de l'eau contre ma peau. J'entendais encore son silence qui m'attirait, comme si on partageait un secret. Puis j'ai repensé à Mandy. À son regard furieux. J'ai fini par m'endormir, mais j'ai fait des cauchemars : j'étais enfermée dans un aquarium et les élèves me montraient du doigt en me traitant de monstre.

Je me suis réveillée en sursaut. Je ne trouverais pas le sommeil tant que cette histoire me trotterait dans la tête. Je n'avais pas le choix. Il FALLAIT que je comprenne. Je devais vaincre ma peur. J'étais déterminée à percer ce mystère avant que quelqu'un le fasse à ma place.

Ma mère ronflait dans sa chambre. Je me suis levée et j'ai enfilé mon maillot de bain. Beurk ! Il était encore humide. J'ai mis ma veste en jean, j'ai remonté le couloir et je suis sortie sur le pont.

Le port était désert. Le long de la promenade, les boutiques et les chambres d'hôtes étaient plongées dans le noir. On aurait dit un décor de cinéma. La lune était pleine, éclairant la mer comme un projecteur. J'ai fixé la planche en bois devant moi. *Allez, Emily. Tu peux le faire.*

J'ai traversé en serrant les dents, puis j'ai couru le long des quais, jusqu'aux bollards à l'autre bout du port. Une échelle en corde s'enfonçait dans l'eau noire. J'ai passé une main dans mes cheveux, mon geste préféré quand j'ai besoin de réfléchir et que j'ai la flemme de faire les cent pas. Je ne pouvais plus revenir en arrière. Il fallait que je plonge pour en avoir le cœur net.

J'ai boutonné ma veste. L'eau avait l'air froide. J'ai posé un pied sur le premier barreau et j'ai jeté un dernier coup d'œil vers la promenade vide. Les mâts claquaient les uns contre les autres, brisant le silence de la nuit. La marée était basse et le dernier barreau n'atteignait pas l'eau. *C'est maintenant ou jamais*, ai-je pensé.

Je me suis pincé le nez… et j'ai sauté.

Je suis remontée à la surface pour reprendre mon souffle. L'eau était glacée ! *Qu'est-ce qui m'est passé par la tête ?* Je me suis rappelé pourquoi j'étais là, et je me suis mise à nager. Très vite, une sensation de calme s'est emparée de moi. Je n'avais plus froid. Les lèvres salées et les cheveux lissés, je me suis propulsée sous l'eau comme si j'y avais vécu toute ma vie.

Et c'est à nouveau arrivé. Mes jambes se sont raidies ! Je ne sentais plus mes pieds ! Terrifiée, j'ai fait demi-tour vers l'échelle. J'ai tendu une main pour l'attraper, mais le barreau était trop haut.

Il fallait que je me calme. *C'est une crampe, juste une crampe.* Au lieu de paniquer, j'ai décidé de me laisser aller. Mes jambes étaient liées, mais je me sentais bien. J'ai mis la tête sous l'eau et j'ai pris mon élan. J'étais un aigle, un avion, un dauphin. J'étais à ma place.

Voilà mon histoire, et voilà mon secret. Vous l'avez déjà deviné, n'est-ce pas ? Promettez-moi de ne le raconter à personne !

J'étais devenue une sirène.

Chapitre 2

Je sais que ce n'est pas commun, mais ça m'est arrivé à *moi* ! J'étais une sirène. Une sirène ! Pourquoi ? Comment était-ce possible ? Des milliers de questions défilaient dans ma tête, et j'étais incapable d'y répondre. Tout ce que je savais, c'était que j'avais découvert une nouvelle partie de moi, et que je me sentais bien.

Je nageais comme un poisson. J'*étais* un poisson ! Le haut de mon corps n'avait pas changé : les mêmes bras maigrichons, la même frange plaquée à mon front et le même maillot de bain noir.

Mais en dessous du nombril, j'étais quelqu'un d'autre. *Quelque chose* d'autre. Mon maillot disparaissait et laissait place à des écailles scintillantes. Mes jambes s'étaient transformées en une longue queue verte et violette qui ondulait dans l'eau. Je n'avais jamais été aussi gracieuse ! Quand je soulevais la queue à la surface, la lueur de la lune la faisait resplendir comme un arc-en-ciel. J'arrivais à prendre de l'élan sans aucun effort !

J'ai repensé à notre visite à l'aquarium avec ma classe, l'année dernière. Il y avait un long tunnel où les poissons nageaient autour de nous et au-dessus de nos têtes. On se serait cru dans l'océan. Cette fois, j'y étais vraiment ! Je pouvais toucher les algues qui dansaient comme des rideaux de perles, et faire la course avec des bancs de poissons. J'ai éclaté de rire et des bulles se sont échappées de ma bouche, éclatant à la surface.

J'avais l'impression de n'avoir nagé que cinq minutes. Pourtant, le ciel était déjà en train de s'éclaircir. Il était temps de rentrer à la maison. J'ai eu peur que mes jambes ne réapparaissent pas mais, dès que je suis sortie de l'eau, ma queue a disparu. Je me suis agrippée à l'échelle et j'ai regardé les écailles disparaître sous mes yeux. C'était fascinant.

J'avais les jambes engourdies, comme ma bouche après un rendez-vous chez le dentiste. J'ai remué les orteils et je suis rentrée à la maison, bien décidée à revenir bientôt.

J'étais de retour à la piscine. Bob était planté devant moi, son sifflet autour du cou et un portable collé à l'oreille. Un inconnu m'a attrapée par le bras. J'ai essayé de me débattre, mais il était trop fort.

— C'est elle ? a-t-il demandé à Bob.

Bob a hoché la tête.

— Qu'est-ce que vous me voulez ?

— Tu le sais très bien ! Tu es un *monstre*.

— N'importe quoi !

— Ne fais pas semblant, petite.

— Je ne fais pas semblant ! Je ne suis pas un monstre !

— Arrête, Emily ! Je sais que tu ne dors pas.

J'ai ouvert les yeux. Ma mère était en train de me secouer l'épaule. J'ai bondi dans mon lit. Ce n'était qu'un cauchemar !

— Allez, debout ! Tu vas être en retard à l'école. Et n'oublie pas de te brosser les dents.

Elle a écarté le rideau qui séparait ma chambre du couloir et elle a disparu dans la cuisine.

Pendant le petit-déjeuner, j'ai repensé à mon rêve. Tout m'avait semblé si réel ! J'étais en train de mâcher mes céréales quand le pire est arrivé. Ma mère s'est mise à fouiller parmi la montagne de papiers et de courrier empilés à côté du mixeur.

— Où est-elle passée ?

— Qu'est-ce que tu as perdu, cette fois ?

— Ma liste de courses. Je l'avais posée ici. J'en suis sûre… Ah ! La voilà.

Elle a attrapé un morceau de papier. Pas n'importe lequel : UN PAPIER À LETTRES VIOLET !

— No-o-o-n ! ai-je hurlé, crachant la moitié de mes céréales.

Trop tard. Ma mère était déjà en train de déplier la lettre. Elle l'a balayée du regard en fronçant les sourcils.

— Zut ! Ce n'est pas ma liste.

Elle l'a reposée sur le tas. J'ai poussé un soupir de soulagement. Ma mère a hésité un instant… et s'en est emparée à nouveau.

— Mais… c'est ma signature ! Où sont mes lunettes ?

Elles étaient autour de son cou, comme d'habitude.

— Tu veux que je te lise ce qu'il y a écrit ? ai-je demandé, l'air innocent.

Elle a secoué la tête et posé ses lunettes sur son nez. Je me suis levée discrètement, espérant filer incognito. Raté ! Ma mère m'a lancé un regard noir en me tendant le papier.

— Tu m'expliques ?

— Heu… Eh bien… En fait…

Je me suis rassise et j'ai examiné le mot d'excuse comme si c'était la première fois que je le voyais. Ma mère ne s'est pas mise en colère. Elle avait l'air… triste.

— Ce n'est pas grave, ma chérie. Je comprends.

Quoi ? Qu'est-ce qu'elle comprenait ?

— Je t'ai entendue parler dans ton sommeil. Tu répétais que tu n'étais pas un monstre. Je suis bête de ne pas avoir réalisé plus tôt…

— Réalisé quoi ?

Elle a pris ma main dans la sienne.

— Tu es comme moi, Emily. Tu as peur de l'eau.

Ouf ! Elle n'avait pas découvert mon secret ! Soulagée, je me suis éclairci la gorge et j'ai resserré la cravate de mon uniforme.

— Exactement ! ai-je menti. J'ai peur de l'eau ! Je suis désolée, maman.

— Tu aurais dû m'en parler.

J'ai baissé la tête. Il était temps de jouer la comédie.

— J'avais trop honte. Je ne voulais pas te décevoir.

— C'est ma faute. J'aurais dû t'apprendre à nager quand tu étais petite. Maintenant, tu as hérité de ma peur !

— Ce n'est pas grave…

— Si, c'est grave ! Tu avais raison. Après tout, on vit sur un bateau !

— Si tu as tellement peur de l'eau, pourquoi on habite encore ici ?

— Je ne sais pas, ma puce. Je ne peux pas l'expliquer, mais jamais je ne pourrais quitter le *Roi*.

— C'est bizarre.

— Je sais.

— On aurait pu aller vivre ailleurs, près de papy et mamie.

Son visage s'est durci.

— Je ne vois pas où est le rapport.

— Je ne les ai jamais rencontrés !

— On en a déjà parlé, Emily. Tes grands-parents habitent trop loin. Et on s'est disputés, tous les trois.

— Pourquoi ?

— Je ne sais plus. C'était il y a longtemps.

Elle s'est levée en soupirant, et elle a jeté un œil à travers le hublot.

— Je sais ! J'ai une idée, Emily. Je sais comment guérir ta peur !

— Je n'ai pas besoin de guérir. Tu n'as qu'à m'écrire un mot d'excuse ! Personne ne sera au courant.

— Sûrement pas ! Je refuse de mentir à ton collège.

— Et ta peur à toi ?

— Peu importe. Tu es ma fille. C'est *toi* qui comptes.

Elle a ouvert son carnet d'adresses, elle m'a tourné le dos et elle a décroché le téléphone.

— Qu'est-ce que tu fais ?

— Je t'emmène chez un hypnotiseur !

— Très bien, Emily. Respire profondément.

J'étais confortablement installée dans le fauteuil de Millie. Je ne savais pas qu'elle était hypnotiseuse. D'après Sandra Castle, elle avait fait des miracles sur Charlie Piggot. Grâce à elle, ses tics avaient disparu du jour au lendemain. Cet argument a suffi à convaincre ma mère, qui était assise sur une chaise en plastique à l'autre bout de la pièce. Elle voulait être présente « au cas où ».

— Tes paupières sont lourdes, Emily. À ton réveil, tu n'auras plus peur de l'eau.

J'ai gigoté dans mon fauteuil. Il fallait que je reste éveillée ! Si jamais je m'endormais, je risquais de parler et de révéler mon secret. Que dirait Millie si elle apprenait la vérité ? Je ne voulais pas me retrouver dans un aquarium ou dans un laboratoire !

— Je vais compter jusqu'à un. Imagine-toi dans un ascenseur qui descend lentement, de plus en plus bas… Dix… Neuf… Huit…

J'ai fermé les yeux, terrifiée à l'idée de m'endormir.

— Sept… Six… Cinq…

Je me suis imaginée sur l'escalator du centre commercial, en train de monter, monter…

— Quatre… Trois… Deux… Un.

J'étais réveillée ! J'avais réussi ! Millie nous avait menti. Elle ne voyait pas nos « auras » et elle n'était pas hypnotiseuse !

Un bruit familier a brisé le silence. Un ronflement. J'ai entrouvert les yeux. Ma mère s'était endormie sur sa chaise !

— Imagine-toi au bord de l'eau, a continué Millie. Concentre-toi sur tes émotions, tes sensations.

La seule chose que je ressentais, c'était une affreuse envie de rire.

— Pense à un endroit où tu te sens en sécurité. Où tu te sens heureuse.

Je me suis imaginée en train de nager, mes jambes en train de se transformer et le calme s'emparer de moi. Ma mère a ronflé encore plus fort. J'ai failli bondir de mon fauteuil. J'ai gardé les yeux fermés.

— Désolée, a-t-elle murmuré.

— Pas de problème, a répondu Millie. Emily dort profondément.

J'ai continué à m'imaginer dans l'eau. Il me tardait d'y retourner. Ma mère s'est rendormie. Millie a compté jusqu'à sept pour me réveiller. J'étais tellement soulagée que la séance soit terminée que je l'ai serrée dans mes bras.

— Merci de m'avoir guérie, ai-je menti.

Ma mère lui a tendu un billet. Millie est devenue toute rouge.

— Non, Marie. C'est un cadeau.

Sur le trajet du retour, ma mère n'a pas dit un mot. Savait-elle que j'avais menti ? Je n'ai pas osé lui poser la question. On a emprunté les ruelles de la ville jusqu'au port. Elle a montré du doigt un banc qui donnait sur la mer. On a traversé la rue et on s'est assises en silence.

Le sable ondulé était parsemé de flaques d'eau. Ma mère a fixé l'horizon, l'air pensive.

— Ça va, maman ?

— Je ne sais pas. J'ai fait un rêve étrange pendant que Millie t'hypnotisait. C'était très réaliste… et très beau.

Elle m'a regardée un long moment, avant de tourner la tête vers la mer.

— C'était là-bas, quelque part…

— Raconte-moi.

— Tu me promets de ne pas te moquer ?

— Promis.

Elle a passé une main dans mes cheveux, puis elle a fermé les yeux.

— J'ai rêvé d'une épave. Un grand bateau doré avec un mât en marbre, un plafond d'ambre et des dalles de nacre… Je l'ai lu dans un poème. J'ai oublié la suite. Les rochers scintillaient de toutes les couleurs. On aurait dit un arc-en-ciel. C'était tellement *réel*…

Elle m'a regardée du coin de l'œil. Je n'ai pas su quoi répondre. J'ai tourné la tête vers la promenade et j'ai aperçu M. Beeston au loin, en train de se diriger vers notre bateau. Il nous a saluées de la main.

M. Beeston vient prendre le thé tous les dimanches à quinze heures. Il apporte des cookies ou des beignets, et ma mère lui sert à boire. Moi, je me dépêche de manger et je les laisse tous les deux. Je ne sais pas pourquoi, mais cet homme me met mal à l'aise. Quand il est là, le bateau paraît plus petit. Plus sombre.

— Allons-y, a dit ma mère. C'est l'heure du thé.

Elle s'est dirigée vers le bateau, tellement vite que j'ai dû courir pour la rattraper.

Chapitre 3

Cette nuit-là, je suis retournée me baigner. C'était plus fort que moi. J'ai nagé encore plus loin. Dans le port, l'eau était crasseuse, huileuse et parsemée de déchets. J'avais envie de partir au large.

Je me suis arrêtée un instant et j'ai jeté un œil par-dessus mon épaule. Vue d'ici, notre ville avait l'air minuscule. Une grappe de maisons le long de la baie, encadrées par le phare d'un côté, et le port de l'autre. Les lampadaires éclairaient la promenade d'une lueur jaunâtre.

Au large, l'eau était claire, limpide. C'était comme passer du noir et blanc à la couleur. Les poissons gris étaient remplacés par des poissons jaune et bleu à la queue argentée, verts et longs avec des antennes, et orange avec des nageoires noires. De minuscules créatures longues comme des brindilles et fines comme du papier évoluaient sur le sable.

Plus je m'éloignais de la côte, plus l'eau était froide et profonde. J'ai nagé le long d'un rocher aux parois couvertes d'oursins. J'ai gardé mes distances. Je ne voulais pas me retrouver avec un oursin accroché à la queue !

Je suis remontée à la surface pour reprendre mon souffle. Je n'étais jamais partie aussi loin de la maison toute seule ! J'ai voulu faire demi-tour, mais j'étais à bout de forces. J'ai nagé jusqu'à un grand rocher lisse et j'ai grimpé dessus pour me reposer. Mes jambes sont réapparues. Cette sensation était toujours aussi étrange !

J'ai posé le dos contre un autre rocher quand j'ai entendu une voix. Un chant. J'ai regardé autour de moi. Personne. Seulement la mer qui scintillait à la lueur de la lune, et les vagues qui s'écrasaient, faisant danser et claquer les galets à mes pieds.

Je suis montée plus haut, et c'est alors que je l'ai vue. Une sirène ! Une *vraie* sirène ! Comme dans les livres pour enfants. Elle avait les cheveux blonds. Ils lui arrivaient au creux des reins et elle les brossait en chantant. Elle était perchée sur un rocher, elle aussi. Elle avait la queue verte, plus longue et plus fine que la mienne.

Elle a répété la même mélodie plusieurs fois, s'arrêtant et se corrigeant quand elle faisait une erreur.

— Concentre-toi, Shona ! a-t-elle dit en se donnant un coup de brosse.

Je l'ai observée en silence. J'avais envie de lui poser plein de questions, mais je ne savais pas par où commencer. Je me suis éclairci la voix. Elle a tourné la tête vers moi. Son regard s'est posé sur mes jambes. Prise de peur, elle a plongé et disparu derrière le rocher.

— Reviens ! ai-je crié. Je veux juste te parler !

Je suis descendue de mon perchoir et je me suis approchée du bord. La sirène est remontée à la surface et m'a dévisagée, l'air méfiant.

— Je suis une sirène, moi aussi. Regarde !

J'ai sauté dans l'eau et j'ai nagé jusqu'à elle. Mes jambes se sont aussitôt transformées. J'ai attendu qu'elle tourne la tête vers moi et j'ai donné un coup de queue à la surface.

Elle m'a fixée, la mine confuse. Je lui ai souri, mais elle a disparu.

— Non ! Attends !

Une seconde plus tard, c'est elle qui a secoué sa queue à la surface – avec beaucoup plus d'élégance que moi. On aurait dit qu'elle dansait. Ses écailles brillaient comme des diamants.

Je l'ai applaudie quand elle est remontée à la surface. Enfin, j'ai essayé. En levant les bras, j'ai coulé et de l'eau est entrée dans mon nez.

Elle a éclaté de rire.

— C'est la première fois que je te vois ici, a-t-elle dit en souriant. Tu as quel âge ?

— Douze ans.

— Moi aussi ! Tu vas à quelle école ?

— Au collège de Brightport.

Elle a froncé les sourcils.

— Je n'en ai jamais entendu parler. C'est une école de sirènes ?

— Tu vas dans une école de sirènes ?

— Oui, et alors ? a-t-elle grogné. Je ne vois pas où est le problème.

Je n'en croyais pas mes oreilles ! Jamais je n'aurais cru qu'un endroit pareil existait. Visiblement agacée, elle a croisé les bras sur sa poitrine – j'aurais aimé savoir comment elle y arrivait sans couler.

— Je ne savais pas que j'étais une sirène, ai-je expliqué. Je l'ai découvert hier ! Je me suis baignée, et mes jambes se sont transformées. J'aurais aimé le savoir plus tôt.

Elle m'a dévisagée comme si je venais d'une autre planète. J'ai essayé de croiser les bras comme elle. En donnant des coups de queue sous l'eau, j'ai réussi à rester droite. On s'est regardées en silence, l'air sérieux. Puis un sourire s'est dessiné au coin de sa bouche. Une seconde plus tard, on a éclaté de rire.

— Pourquoi on rigole ? ai-je demandé.

— Je ne sais pas ! a-t-elle répondu.

On a éclaté de rire à nouveau.

— Je m'appelle Shona Nagesoie, et toi ?

— Emily Claquevent.

Son sourire s'est envolé.

— Claquevent ? C'est vrai ?

— Oui, pourquoi ?

— Pour rien… C'est juste…

— Quoi ?

— Je pensais avoir entendu ce nom quelque part, mais je dois confondre. C'est la première fois que tu viens ici ?

— Oui ! Il y a une semaine, je ne savais même pas nager.

— Comment tu fais pour te transformer ?

— Je ne sais pas. Dès que j'entre dans l'eau, ma queue apparaît.

— C'est la première fois que je rencontre quelqu'un avec des jambes. J'en ai vu dans les livres, mais jamais en vrai. C'est chouette ?

— Avoir des jambes ?

Elle a hoché la tête.

— C'est super ! Tu peux marcher, courir, escalader, sauter…

À en croire sa tête, on aurait dit que je parlais une autre langue.

— Et ça, tu peux le faire ?

Elle a plongé et elle a fait une pirouette, tournant la queue de plus en plus vite et m'éclaboussant au passage.

— J'ai appris ça en cours de danse. On prépare un spectacle. Le concours a lieu dans deux semaines. C'est la première fois que je fais partie de l'équipe !

— Tu prends des cours de danse ?

— Oui. L'année dernière, j'étais dans la chorale. Mme Hautevague m'a dit que *cinq* pêcheurs avaient perdu le nord pendant mon passage solo. C'est le meilleur résultat de l'école !

Elle m'a souri, visiblement fière de sa performance.

— Alors, les légendes sont vraies ? Les sirènes attirent les pêcheurs en chantant et ils disparaissent à jamais ?

Shona a haussé les épaules.

— On ne veut pas toujours les tuer. La plupart du temps, on essaie juste de les désorienter. Ensuite, on efface leur mémoire et on les laisse repartir.

— Ah bon ?

— Ce sont les gardes du roi qui s'en chargent. C'est notre seul moyen de défense. On ne veut pas que les humains découvrent notre monde et nous volent tous nos poissons. Parfois, ils tombent même amoureux !

— Les pêcheurs et les sirènes ?

— Oui ! Il y a plein d'histoires qui en parlent. C'est illégal, mais c'est romantique. Tu ne trouves pas ?

— C'est pour ça que tu chantais ce soir ?

— Oh, non ! Je m'entraînais pour mon cours de BT.

— Ton cours de *quoi* ?

— Beauté et tenue. On a un examen demain, et je ne suis pas au point. Il faut s'asseoir parfaitement, la tête penchée au millimètre près, et donner cent coups de brosse dans ses cheveux. Pas un de plus ! C'est très compliqué.

— J'imagine.

— L'année dernière, j'étais première de la classe, mais il fallait juste se brosser les cheveux. Cette fois, il faut penser à tout en même temps. C'est mon cours préféré. Je rêve d'être responsable des brosses à cheveux, mais c'est Cynthia Lissécaille qui a été choisie. Mme Piquequeue m'a dit que je prendrais sa place le trimestre prochain si j'avais une bonne note à mon examen.

Je ne comprenais pas la moitié de ce qu'elle me racontait. Elle m'a tourné le dos, vexée.

— Tu penses que je suis une sainte nitouche, c'est ça ? C'est ce que disent les autres !

— Pas du tout ! Tu es… Tu es… intéressante.

— C'est vrai ? Merci. Toi aussi.

— Tu as le droit de sortir à n'importe quelle heure ?

— Pas vraiment, mais ces rochers sont les meilleurs pour s'entraîner et on n'a pas le droit de venir ici en journée. Trop dangereux. En général, je sors le dimanche et le mercredi soir. Le dimanche, ma mère se couche tôt pour être en forme le lendemain. Le mercredi, elle est toujours épuisée après son cours d'aquarobic. J'ai de la chance, mon père dort comme une baleine ! J'en profite pour sortir incognito.

Elle m'a fait un grand sourire.

— Ce n'était pas prévu, mais je suis contente d'être venue ce soir.

— Moi aussi, ai-je dit en bâillant. Mais il faut que je rentre.

— Est-ce qu'on va se revoir ?

J'ai hésité. Shona était étrange, mais c'était une sirène ! Peut-être la seule que je rencontrerais de ma vie !

— Je reviens mercredi, a-t-elle précisé.

— Alors, à mercredi ! Bon courage pour ton examen.

— Merci, Emily !

Elle a donné un coup de queue et elle a disparu sans un bruit.

J'ai fait demi-tour vers le port. Le faisceau du phare balayait la mer noire. Je me suis arrêtée un instant. Le spectacle était presque hypnotisant. Un bateau voguait au loin, une silhouette noire à l'horizon.

Je me suis tournée vers le phare et j'ai aperçu quelqu'un sur les rochers en contrebas. M. Beeston ! Qu'est-ce qu'il faisait là ? On aurait dit qu'il fixait l'horizon. Suivait-il le bateau du regard ? J'espérais qu'il ne m'avait pas vue !

J'ai plongé avant que le faisceau m'éclaire. Quand je suis remontée à la surface, M. Beeston avait disparu et la lumière était éteinte. J'ai attendu. Elle ne s'est jamais rallumée.

J'ai imaginé M. Beeston, seul à l'intérieur de son phare. Les bruits de pas qui résonnaient dans l'escalier vide. Le silence de la nuit. Comment supportait-il de vivre ainsi ? *Et pourquoi le phare était-il éteint ?*

Ces questions m'ont trotté dans la tête jusqu'au port. Le temps que j'atteigne l'échelle, le jour s'était quasiment levé. Je suis rentrée chez moi, j'ai étendu ma veste devant le poêle et je me suis glissée dans mon lit, sous mon plafond étoilé, en espérant ne pas avoir dévoilé mon secret.

Chapitre 4

— Emily ! N'oublie pas tes affaires !

J'avais un pied sur le pont quand ma mère m'a tendu l'objet de mes cauchemars : mon sac de piscine.

— Merci, maman.

— Dépêche-toi ! Tu vas être en retard.

— Je suis obligée d'aller à l'école ?

— Bien sûr ! Quelle idée.

— Je ne me sens pas bien.

J'ai mis une main sur mon ventre et j'ai fait mine d'être malade. Ma mère m'a rejointe sur le pont. Elle a posé une main sous mon menton et m'a forcée à la regarder droit dans les yeux. Je déteste quand elle fait ça. Le seul moyen d'échapper à son regard, c'est de fermer les paupières, et j'ai l'air d'une idiote.

— Qu'est-ce qui se passe, Emily ? Tu n'aimes pas ton nouveau collège ?

— Si.

— C'est à cause des cours de natation ?

— Non.

— Je pensais que tu étais guérie. Tu as peur que la séance d'hypnose n'ait pas marché ?

Guérie ? Pourquoi je n'y avais pas pensé avant ? C'était la parfaite excuse ! J'aurais dû faire semblant d'avoir toujours peur de l'eau !

— J'ai juste mal au ventre, ai-je soupiré.

Ma mère a lâché mon menton. Je lui ai tourné le dos, je suis descendue du bateau et j'ai marché jusqu'à l'arrêt de bus.

Au collège, j'ai tellement traîné les pieds que je suis arrivée en retard en classe, en plein milieu de l'appel. Mme Partington a regardé sa montre.

— Je ferme l'œil… pour cette fois, a-t-elle dit en souriant.

Tout le monde a éclaté de rire. Mme Partington est aveugle d'un œil. C'est sa blague préférée. Elle a de beaux yeux bleus, mais son œil gauche te fixe même quand elle regarde ailleurs. C'est terrifiant.

— Désolée, ai-je dit en m'asseyant à mon bureau.

J'ai posé mon sac de piscine par terre. Je n'ai pas réussi à me concentrer sur la leçon. Ce jour-là, on étudiait les divisions. J'ai passé une heure à me tromper dans mes calculs. J'étais en colère parce que, d'habitude, j'*adore* les divisions.

Quand la sonnerie a retenti, tout le monde est sorti en trombe de la salle, pressé de partir à la piscine. Le bus nous attendait dehors. Moi, j'ai rangé mes crayons et ma règle dans ma trousse le plus lentement possible.

Mme Partington a effacé le tableau.

— Dépêche-toi, Emily ! Tu vas encore être en retard.

J'ai marché comme un zombie jusqu'au bus. J'avais envie d'aller tout droit et de rentrer à la maison. Les autres élèves faisaient la queue devant la portière. J'étais en train de traverser la cour quand Philip Northwood m'a montrée du doigt.

— Hé ! a-t-il crié. Frimeuse !

Tout le monde s'est tourné vers nous.

— C'est à moi que tu parles ?

— Oui ! Tu n'es qu'une frimeuse ! Tu n'as pas pu t'empêcher de faire ta maligne à la piscine. Bob nous a parlé de toi pendant une heure. Maintenant, il veut qu'on prenne exemple sur *toi*.

— C'est vrai, a ajouté Mandy. On a tout vu, Emily.

Je l'ai regardée, la bouche grande ouverte. Qu'est-ce qu'elle avait vu ? Ma queue ? Impossible ! Mes jambes ne s'étaient même pas transformées !

— Désolée, ai-je murmuré.

— *Frimeuse*, a répété Mandy.

M. Bird, le prof de sport, est arrivé juste à temps.

— Allez, les jeunes ! Tout le monde dans le bus.

Je suis montée à bord et je me suis assise toute seule. Julie s'est installée de l'autre côté de l'allée. Elle a posé son sac sur ses genoux.

— Ne l'écoute pas, Emily. Philip est jaloux parce qu'il ne sait pas nager.

— Merci.

Mandy s'est assise à côté d'elle.

— Tu me fais une place ? Sauf si tu veux t'asseoir à coté de *Madame Poisson.*

Elle a éclaté de rire. Julie est devenue toute rouge. J'ai tourné la tête vers la vitre et je n'ai pas dit un mot de tout le trajet.

Madame Poisson ? Qu'est-ce que Mandy entendait par là ?

Le bus s'est garé sur le parking de la piscine. Mandy s'est précipitée vers la sortie.

— Tu viens ? m'a demandé Julie.

— J'arrive.

J'ai fait semblant de nouer mes lacets. En vérité, j'aurais aimé disparaître sous mon siège et me cacher jusqu'à la fin du cours.

Dehors, les gens se sont mis à bavarder… puis à s'énerver.

— Ce n'est pas juste ! a râlé Philip.

J'ai jeté un œil par la vitre. Bob était en train de discuter avec M. Bird. Les élèves étaient rassemblés autour d'eux, leurs sacs à leurs pieds. Quelqu'un est monté dans le bus. Je me suis cachée derrière le siège et j'ai retenu mon souffle.

— Tu n'as pas fini de faire tes lacets ? a demandé Julie.

J'ai levé la tête.

— Qu'est-ce que tu fais, Emily ?

— Rien !

— Peu importe, a-t-elle soupiré en s'asseyant. Le cours est annulé.

— C'est vrai ?

— Le personnel de la piscine est en grève. Ils ont oublié de prévenir le collège.

Je me suis retenue de sourire. J'étais tellement soulagée !

— Je me demande ce qu'on va faire à la place.

— On part en excursion en forêt.

J'ai fait mine d'être aussi déçue qu'elle. Le reste de la classe est monté dans le bus. Mandy a repris sa place à côté de Julie et m'a lancé un regard noir. Moi, j'ai posé les mains sur mes genoux et je me suis retenue de crier victoire.

Ce soir-là, je me suis couchée tôt pour dormir un peu avant de rejoindre Shona. Je me suis levée au milieu de la nuit, j'ai nagé jusqu'aux rochers et je l'ai attendue. Au bout de quelques minutes, sa tête est apparue à la surface.

— Salut, Emily ! Tu viens ?

— Où ça ?

— Tu vas voir !

J'ai plongé et je l'ai suivie. L'eau était moelleuse et crémeuse contre ma peau, comme du chocolat fondu. Shona nageait devant moi, jetant de temps en temps un œil par-dessus son épaule. Elle montrait du doigt tout ce qui nous entourait. On a croisé un banc de minuscules poissons argentés, des algues jaunes qui ressemblaient à des tournesols et des gros poissons gris rayés. On aurait dit des hommes d'affaires, pressés et bien habillés.

Lorsqu'on est remontées à la surface, nos rochers étaient de minuscules points à l'horizon. Je n'en revenais pas.

— On a nagé loin !

— Deux kilomètres, a répondu Shona. Mon père m'a offert un splashomètre pour mon anniversaire.

— Un *quoi* ?

— Oh, excuse-moi ! J'oublie que tout est nouveau pour toi. Un splashomètre compte le nombre de kilomètres parcourus à la nage. L'autre jour, j'ai mesuré la distance entre ici et les Rochers arc-en-ciel.

— Les *quoi* ?

— Les rochers où on s'est rencontrées ! J'avais peur que ce soit trop loin pour toi, mais j'avais vraiment envie de t'emmener ici.

J'ai regardé autour de moi. De l'eau à perte de vue. Il n'y avait rien à voir.

— Comment on a fait pour nager sous l'eau aussi longtemps sans reprendre notre souffle ?

Shona a haussé les épaules.

— On est des sirènes. Suis-moi !

Elle a disparu sous l'eau. Plus on descendait, plus elle était froide. J'ai croisé un gros poisson recouvert de points noirs, la bouche grande ouverte. Des méduses roses dansaient autour de nous.

Shona m'a prise par la main et a montré du doigt une grande surface verte au fond de l'océan. Un tapis d'algues !

— Qu'est-ce que c'est ?

— Je vais te montrer.

On a nagé au milieu des algues. Elles glissaient, gluantes, contre mon corps. On se serait cru dans une forêt ! On est entrées dans une sorte de clairière, un banc de sable au milieu de la végétation. Devant nous, un grand tube en acier, deux vieux vélos rouillés posés sur des ressorts et des filets de pêche étalés sur le sable.

— Qu'est-ce que c'est ?

— Notre aire de jeux ! On n'a pas vraiment le droit de jouer ici, mais tout le monde vient quand même.

— Pourquoi c'est interdit ?

— Parce que c'est dangereux, trop près de la côte.

Shona s'est glissée dans le tube.

— Tu viens ?

Je l'ai suivie de près, glissant jusqu'à la sortie. C'était un peu comme descendre un toboggan.

— D'où viennent tous ces objets ?

— Ils sont tombés à l'eau, ou ils ont été jetés. On les recycle à notre manière.

Shona s'est perchée sur la selle d'un des vélos et je me suis installée sur l'autre.

— C'est agréable de partager ça avec quelqu'un.

— Tu ne viens jamais avec tes amis ?

— Pas vraiment. Les autres disent que je passe trop de temps à travailler, et pas assez à m'amuser.

— Ils ont un peu raison. Après tout, tu sors la nuit pour réviser !

— Je sais. Tu me trouves nulle ?

— Pas du tout ! Je t'adore !

Elle a souri d'un air timide. J'ai balayé la clairière du regard.

— On est toutes seules.

— Bien sûr ! À cette heure-là, tout le monde dort.

— C'est vrai ! J'avais oublié.

Je me suis accrochée au guidon et je me suis balancée sur le ressort.

— J'aimerais rencontrer d'autres sirènes.

— Tu n'as qu'à venir dans mon école !

— Elle est ouverte la nuit ?

— Non, mais on a cours le samedi matin. Je dirai à tout le monde que tu es ma cousine !

J'ai réfléchi un instant. Julie m'avait invitée chez elle samedi. Si je lui posais un lapin, elle risquait de ne plus jamais m'inviter… et je n'aurais plus du tout d'amie. En même temps, j'allais visiter une école de sirènes ! Je ne pouvais pas refuser !

— OK, Shona. Je viendrai samedi !

— Super ! Tes parents seront d'accord ?

— Je ne vais pas leur en parler ! Personne ne sait que je suis une sirène.

— Ta mère et ton père ne sont pas au courant ?

— Je n'ai pas de père.

— Oh ! Désolée…

— Ce n'est rien. Je ne l'ai jamais connu. Il est parti à ma naissance.

— Nom d'un requin ! C'est triste !

— Il a abandonné ma mère, disparu du jour au lendemain. Elle ne s'en est jamais remise.

Shona m'a regardée, l'air pensive.

— Ton père est parti quand tu étais bébé ?

— Oui.

— Et tu ne sais pas où il est ?

— Non, et je m'en fiche.

— Peut-être qu'il lui est arrivé quelque chose.

— Comme quoi ?

— Je ne sais pas… Il n'a peut-être pas eu le choix.

— Il nous a abandonnées, Shona ! Rien de plus. Et peu importe. On se débrouille très bien sans lui.

— Et si…

— Ça suffit ! Je ne veux plus en parler.

J'ai regardé un banc de poissons blancs traverser la clairière et disparaître parmi les algues.

— Excuse-moi, Emily. Je ne voulais pas te rendre triste. Tu viendras quand même samedi ?

— Seulement si ça te fait plaisir.

— Bien sûr ! a dit Shona en descendant de son vélo. Allez, on rentre.

On a nagé en silence jusqu'aux rochers. Les questions de Shona défilaient dans ma tête. Je me les étais déjà posées des centaines de fois. Pourquoi mon père était-il parti ? Parce qu'il ne m'aimait pas ? Parce qu'il ne voulait pas de moi ? Est-ce que c'était ma faute ?

Et, surtout, est-ce que je le rencontrerais un jour ?

Chapitre 5

J'ai dit au revoir à ma mère en remontant la jetée.

— Bonne journée, ma puce !

J'ai attendu qu'elle ferme la porte derrière elle. Au lieu de me diriger vers la promenade, j'ai couru jusqu'à la plage. J'ai enlevé mon jean et mes chaussures et je les ai cachés derrière un rocher. Je portais déjà mon maillot en dessous.

Une poignée de promeneurs marchaient le long de l'eau. Je les ai imaginés en train de me montrer du doigt, de se moquer de moi et de me traiter de poisson… Peu importe ! Il fallait que j'y aille. Shona m'attendait et il me tardait de visiter son école. Et puis, je nagerais sous l'eau jusqu'aux rochers. Personne ne me verrait.

J'ai mis un pied dans l'eau froide, jeté un dernier coup d'œil derrière moi, et j'ai plongé.

J'ai attendu Shona sur les Rochers arc-en-ciel. Elle est arrivée peu de temps après moi.

— Prête ?

— Prête !

Elle m'a souri et on a nagé ensemble, de plus en plus loin, de plus en plus profond. Des poissons jaillissaient de tous les côtés. L'eau était froide. Shona a montré du doigt une brèche au milieu d'un gigantesque rocher.

— Suis-moi !

— Dans le rocher ? ai-je demandé.

Elle a hoché la tête et m'a prise par la main. Ensemble, on s'est engouffrées dans un tunnel sombre et sinueux. Une lumière blanche est apparue au bout, de plus en plus proche. Je suis sortie du tunnel et j'ai regardé autour de moi, bouche bée.

Cet endroit faisait la taille d'un terrain de foot ! Il y avait des cavernes et des tunnels partout, à gauche, à droite, au-dessus et en dessous de nous. Comme un terrier sous-marin !

Le rocher grouillait de monde. Des centaines de sirènes et de tritons, des femmes avec des chaînes en or attachées à la queue. L'une d'elle avait un bébé sur le dos. Sa petite queue rose dépassait de l'écharpe. Un groupe de sirènes bavardaient devant l'entrée d'un tunnel. Elles portaient des sacs en filets de pêche. Trois vieux tritons étaient postés dans un coin. Leurs queues étaient pâles et ridées, mais leurs yeux pétillaient.

— Bienvenue à Rocville ! a dit Shona.

Une sirène avec un chignon et une queue vert foncé est passée à côté de nous.

— Vous allez être en retard, Shona ! a-t-elle dit avant de disparaître dans un tunnel.

Mon amie a levé les yeux au ciel.

— C'est Mme Tourdequeue, ma prof d'histoire. C'est le premier cours de la journée.

On s'est empressées de la suivre. De l'autre côté, des élèves attendaient le début des cours. Il y avait des queues de toutes les couleurs : bleues, vertes, violettes, argentées... Des filles jouaient à la corde à sauter avec une vieille corde de bateau.

Une corne de brume a retenti. Tout le monde s'est rangé en lignes. Les garçons d'un côté, les filles de l'autre. Shona m'a guidée au bout d'une rangée.

— Ça va, Emily ?

J'ai hoché la tête. J'en avais perdu mes mots.

On est entrées dans une gigantesque caverne creusée dans le rocher. On aurait dit le dôme à la fête foraine où ils projettent des films d'action en 3D. Sauf que ce n'était pas un film ! C'était vrai !

Tout le monde s'est assis sur de petits blocs de pierre ronds et lisses. Shona en a tiré un à côté d'elle. Je me suis installée dessus.

— Tu es nouvelle ? m'a demandé une fille à la queue vert émeraude.

— C'est ma cousine, a répondu Shona.

Les murs étaient recouverts de collages de coquillages et d'algues. La lumière du jour filtrait à travers les fissures dans le plafond. Quand Mme Tourdequeue est entrée, Shona a levé la main.

— Est-ce que ma cousine peut assister à votre cours ?

Mme Tourdequeue m'a regardée de haut en bas.

— Bien sûr, mais pas de bavardages. Aujourd'hui, nous allons étudier les naufrages du XIXe siècle.

Un cours sur les naufrages ? C'était bien plus intéressant que les divisions !

Mme Tourdequeue s'est mise à nous distribuer des vieux objets rouillés.

— Tous ces objets viennent de l'épave du *Voyager*, a-t-elle dit en déposant une planche sur le bureau d'une fille. Ce naufrage est l'une de nos plus grandes fiertés !

Je ne comprenais pas ce qu'elle entendait par là. Pourquoi être fier d'une telle tragédie ?

— Nous ne savons pas grand-chose du *Voyager*, mais ce qui est certain, c'est que le bateau a été coulé par un groupe nommé les *Sœurs Sirènes*. Elles ont réussi à distraire l'équipage suffisamment longtemps pour faire chavirer le navire.

Shona m'a tendu un morceau de chaîne. Je l'ai examiné avant de le passer à ma voisine.

— Ce naufrage est aussi connu pour les événements qui ont suivi. Quelqu'un sait-il de quoi je parle ?

Shona a levé la main.

— Les sirènes sont tombées amoureuses !

— Bravo, Shona. Une vraie romantique, à ce que je vois !

Tout le monde a éclaté de rire.

— Shona a raison. Une partie du groupe a gâché la mission. Au lieu de libérer l'équipage, elles ont choisi de s'enfuir avec eux. On ne les a jamais revues. Comme vous le savez, Neptune ne tolère pas ce genre de comportement.

— Qui est Neptune ? ai-je chuchoté.

— Notre roi. Quand il est en colère, il crée des tempêtes et libère des monstres marins ! Il est très fort et très riche. Il vit dans un palais immense, en corail et en diamants...

— Silence, Shona !

Mon amie est devenue toute rouge. Mme Tourdequeue a repris la leçon.

— L'histoire du *Voyager* sert d'exemple à ceux qui envisageraient d'emprunter le chemin des *Sœurs Sirènes*. C'est rare, mais il arrive que des sirènes et des humains tombent amoureux. La punition est impitoyable. Notre prison est remplie de traîtres qui ont mis notre peuple en danger.

— Vous avez une prison ?

— Bien sûr ! a répondu Shona. J'ai vu les images. C'est un labyrinthe de cavernes au-delà de la Grande Barrière marine, à côté du palais de Neptune.

Après cette nouvelle, j'ai eu du mal à me concentrer. Et s'ils découvraient que je n'étais pas une vraie sirène ? Je ne voulais pas finir en prison !

À la fin des cours, Shona m'a prise par la main.

— Et si on allait visiter l'épave du *Voyager* ?

— *Quoi ?* Comment ?!

— Mme Tourdequeue nous a quasiment dit où elle était !

Elle a glissé une main entre ses écailles et en a sorti un objet bizarre, un mélange de calculatrice et de boussole. Ses écailles se sont refermées toutes seules. Je n'en croyais pas mes yeux !

— Qu'est-ce que c'est ?

— Quoi ?

J'ai montré sa queue.

— Mes poches ?

— Tu as des *poches* ?

— Bien sûr ! Toi aussi.

— J'en ai dans ma veste, pas dans ma queue !

— Tu en es sûre ?

J'ai enfoui une main entre mes écailles. Shona avait raison ! J'avais des poches, comme elle !

— On va trouver l'épave grâce à mon splashomètre. Prête ?

— Je ne sais pas, Shona…

— S'il te plaît !

J'ai hésité. J'avais encore du temps devant moi. Ma mère ne m'attendait qu'à seize heures.

— OK. Allons-y.

On est sorties de l'école, puis du rocher. Shona s'arrêtait de temps en temps pour vérifier notre position sur le splashomètre. On est remontées à la surface pour se repérer. Des mouettes volaient au-dessus de nous. Certaines plongeaient pour pêcher des poissons.

On est retournées sous l'eau. Le splashomètre de Shona s'est mis à sonner.

— On approche !

Ici, la mer était noire et les animaux étranges. Une pieuvre avec de longs tentacules tournait sur elle-même, nous examinant avec ses petits yeux noirs. Une méduse transparente, une créature dorée en forme de couronne… on aurait dit des extra-terrestres !

Shona m'a attrapée par le bras. J'ai aperçu une silhouette au loin, entourée d'un halo doré. Plus on approchait, plus la lumière était intense. L'épave du *Voyager* ! On l'avait trouvée !

On a nagé le long de la coque, retraçant la rangée de hublots jusqu'à l'avant du bateau. L'épave était posée sur le sable, immobile, silencieuse et majestueuse. J'étais fascinée. On se serait cru dans un film, mais c'était la vraie vie, *ma* vie ! Le navire brillait comme le soleil… comme s'il était en or.

Un bateau en or ? Un bateau *doré* ?

Mon ventre s'est noué. Shona m'a regardée du coin de l'œil.

— Ça va, Emily ?

— Il… Il faut que je jette un œil aux mâts.

— Suis-moi.

On a remonté le pont. Certaines planches étaient encore en bon état, d'autres étaient moisies. On a nagé le long d'un des mâts, l'entourant avec nos queues comme un serpent autour d'un arbre.

— Qu'est-ce que c'est ? ai-je demandé en l'examinant.

— On dirait du marbre.

— Tu en es sûre ?

Un bateau doré et un mât en marbre… J'avais déjà entendu ça quelque part. Je me suis dirigée vers la coque, évitant de peu un banc de poissons bleus. Shona m'a suivie, inquiète.

— Qu'est-ce qui se passe, Emily ?

Je ne savais pas quoi dire. Je ne pouvais pas y croire ! C'était une coïncidence, rien de plus ! Il fallait que je me calme.

— Rien, ai-je dit en souriant. Allons à l'intérieur.

Shona a longé la coque à la recherche d'une entrée.

— Par ici !

Elle s'était arrêtée devant un hublot cassé, un sourire jusqu'aux oreilles.

— Ma première *vraie* aventure !

Elle a disparu à l'intérieur du bateau. J'ai hésité un instant puis, comme elle, je me suis glissée dans le hublot.

On a atterri au milieu d'un couloir étroit. Des lambeaux de papier peint se détachaient de la cloison comme des stalactites, ondulant au rythme du courant. Le plancher était pourri, noir et troué. Les murs étaient tapissés de plancton. De longs poissons gris flottaient au plafond.

Shona a mené l'excursion. Le couloir était recouvert de hublots d'un côté, et de portes de l'autre. On a essayé de les ouvrir, mais elles étaient toutes fermées. On a nagé jusqu'au bout du couloir, où trônait une grande porte blanche. Elle était plus propre que les autres. La poignée était en cuivre. Un gros poisson nageait devant, comme un gardien de but devant son filet. Shona a posé une main sur la poignée. Le poisson a filé et la porte s'est ouverte.

— Nom d'une baleine !

Je l'ai suivie sur le seuil. Des bulles se sont échappées de ma bouche. C'était une pièce immense, de la taille d'un terrain de tennis. Le sol était blanc et lumineux.

— Des dalles de nacre ! s'est écriée Shona.

J'ai nagé autour des piliers dorés qui scintillaient au centre de la pièce. Ils projetaient des arcs-en-ciel sur les murs et le plafond. Des poissons bleu et jaune dansaient au milieu.

Sous les fenêtres rondes, des bancs avec des coussins en velours étaient alignés contre la paroi, derrière de grandes tables en métal. J'ai attrapé une coupe sur l'une d'elles. Elle était lourde et dorée.

Shona était en train d'inspecter le plafond.

— Regarde, Emily ! On dirait de l'ambre.

J'ai reculé contre le mur. *Un plafond d'ambre, des dalles de nacre*… Impossible !

Pourtant, il fallait que j'accepte la vérité.

C'était le bateau dont avait rêvé ma mère.

Chapitre 6

Mes mains se sont mises à trembler.

— Il faut qu'on s'en aille, Shona !

— Pourquoi ?

— J'ai un mauvais pressentiment.

Elle a vu la peur se dessiner sur mon visage.

— Viens, a-t-elle dit en me prenant par la main.

On a remonté le couloir en silence. Il me tardait de sortir de ce bateau. J'ai nagé tellement vite que j'ai raté le hublot. J'allais faire demi-tour quand Shona m'a tirée par le bras.

— Regarde !

— Quoi ?

Elle s'est arrêtée devant une partie du plancher moins pourrie. C'était une trappe, avec une poignée en forme de pince.

— Aide-moi.

— Non ! Je veux sortir d'ici !

— S'il te plaît, Emily. J'aimerais juste jeter un œil. Après, on y va. Promis.

J'ai poussé un soupir de frustration, mais je l'ai aidée à soulever la trappe. Un banc de poissons argentés s'est échappé. Shona a passé la tête dans le trou.

— Tu vois quelque chose ?

— C'est un tunnel !

Elle m'a attrapée par la main.

— On y va ?

— Tu m'avais promis…

— Juste cinq minutes !

Elle est entrée dans le tunnel. Je n'avais pas le choix : je l'ai suivie dans le noir. À l'intérieur, seuls quelques rayons dorés perçaient à travers des fissures. On était obligées de glisser une main sur les parois pour se repérer. Elles étaient visqueuses. Beurk ! Je ne savais pas ce que c'était, mais mieux valait ne pas y penser. Pour me changer les idées, je me suis rappelé le rêve de ma mère. Comment était-ce *possible* ?

— Regarde, Emily !

Il y avait une porte au bout du tunnel. Shona a essayé de l'ouvrir.

— Zut ! Elle est fermée à clé.

Un énorme poisson lumineux avec la bouche grande ouverte a surgi des ténèbres. J'ai hurlé de surprise.

— Ça suffit, Shona ! Je m'en vais !

Je suis partie en trombe, laissant les murs gluants et la trappe secrète derrière moi.

Tout ce que je voulais, c'était sortir de ce bateau.

On a nagé jusqu'à nos rochers et on s'est assises, à bout de souffle. Les vagues caressaient les galets. La queue de Shona scintillait. La mienne avait disparu, remplacée par mes jambes maigrichonnes. Shona les regardait en silence. Comme moi, elle ne s'était pas encore habituée à ma transformation.

— Tu ne veux pas en parler ? a-t-elle demandé.

— De quoi ?

— De ce qui s'est passé dans le bateau.

J'ai jeté un galet à la mer et j'ai fixé les ronds dans l'eau.

— Je ne peux pas.

— Tu ne *peux* pas ou tu ne *veux* pas ?

— Je ne *peux* pas ! Je ne comprends rien à ce qui m'arrive !

— Tu n'as pas confiance en moi, c'est ça ? Je comprends, Emily. Ce n'est pas comme si j'étais ta meilleure amie…

— Je n'ai pas de meilleure amie.

— Moi non plus.

— Ce n'est pas une question de confiance, Shona. J'ai juste peur que tu me prennes pour une folle.

— Tu n'es pas folle ! Tu as beau avoir des jambes, je n'ai jamais rencontré quelqu'un d'aussi normal que toi !

Elle m'a souri. Je lui ai tout raconté. Mon premier cours de natation, la séance d'hypnose et le rêve de ma mère. Je lui ai même parlé du soir où j'ai vu

M. Beeston en bas de son phare. Un vrai moulin à paroles.

Quand j'ai eu terminé mon histoire, Shona avait l'air… gênée. Elle me fixait sans dire un mot.

— Qu'est-ce qu'il y a ?

— Rien.

Elle a détourné le regard.

— Dis-moi, Shona !

— J'ai peur que tu te mettes en colère.

— Pourquoi ? Tu es au courant de quelque chose ?

— Pas vraiment. Enfin, je ne suis pas sûre.

— Qu'est-ce que c'est ?

— Bon, tu te souviens de notre première rencontre ? J'avais l'impression d'avoir déjà entendu ton nom quelque part.

J'ai hoché la tête.

— En fait, c'était à l'école.

— À *l'école* ?

— Dans un livre. On a étudié ça en cours d'histoire.

— Étudié quoi ?

— Les mariages illégaux.

— C'est-à-dire ?

— Les mariages entre sirènes et humains.

J'ai essayé de digérer l'information. Qu'est-ce qu'elle essayait de me dire ?

— Je sais ! s'est écriée Shona. Et si on allait à la bibliothèque de l'école ? Comme ça, on en aura le cœur net !

— Je pensais que les cours se terminaient à midi.

— Il y a des groupes de lecture l'après-midi. Viens, Emily !

Je l'ai suivie jusqu'à l'école, l'esprit aussi emmêlé qu'un filet de pêche échoué.

On était de retour à Rocville, parmi les cavernes et les tunnels. Shona a montré du doigt un immense rocher en forme de spirale, rempli de crevasses. La bibliothèque. On s'est faufilées dans un tunnel et on est entrées dans une pièce ronde. Des élèves étaient assis sur des éponges de mer en forme de champignons, devant de longs rouleaux de parchemins qui descendaient du plafond. Ils déplaçaient le papier de haut en bas et bougeaient la tête de gauche à droite en l'examinant.

— Qu'est-ce qu'ils font ?

Shona m'a regardée avec de grands yeux.

— Ils lisent !

— Où sont les livres ?

— Tout est écrit sur des rouleaux. C'est plus simple. Suis-moi !

On a nagé jusqu'au plafond. Chaque rouleau de parchemin avait un titre différent : *Naufrages*, *Trésors*, *Pêcheurs*, *Tritons*.

— *Tritons*. C'est peut-être celui-là. Aide-moi.

On a déroulé le parchemin jusqu'au sol. Le texte défilait devant mes yeux, le papier noirci de dates et d'événements. Des histoires de chants de sirènes, de pêcheurs qui devenaient fous et se jetaient à l'eau, de naufrages et de récompenses. On a tout lu. Rien ne parlait de mariage.

— On ne trouvera jamais, Shona.

— Je suis sûre que si !

Mon amie est remontée au plafond.

— Je ne sais même pas ce qu'on cherche ! Au fait, pourquoi ces mariages sont-ils illégaux ? Pourquoi les gens ne peuvent-ils pas épouser qui ils veulent ?

— À cause de Neptune. Il paraît qu'il s'est marié avec une humaine et qu'elle l'a quitté.

— Neptune est marié ?

— Il a plein de femmes, et des centaines d'enfants ! Mais cette humaine lui a brisé le cœur, et il ne le lui a jamais pardonné. C'est pour ça qu'il en veut aux humains.

— Shona ? Qu'est-ce que vous faites ici ?

On s'est retournées en même temps. C'était Mme Tourdequeue, la prof d'histoire. Shona est devenue toute rouge.

— Elle m'aide à faire mes devoirs, ai-je répondu en souriant. Pour mon école, à… à…

— Fondbassin, a dit Shona. Emily habite là-bas.

Tout à coup, j'ai eu une idée. Et si Mme Tourdequeue était au courant de quelque chose ? Après tout, Shona avait entendu mon nom pendant son cours !

— J'écris une rédaction sur les mariages illégaux, ai-je menti. Shona m'a dit qu'elle les avait étudiés. Elle me donne juste un coup de main.

Mme Tourdequeue a nagé jusqu'à une éponge et nous a invitées à s'asseoir à côté d'elle.

— Que voulez-vous savoir ?

— Emily se demande s'il y a eu des mariages de ce genre à Rocville.

— Il y en a eu un, a répondu Mme Tourdequeue en resserrant son chignon. Un incident très connu. Nous l'avons étudié le trimestre dernier. Vous avez déjà oublié, Shona ? Ou étiez-vous trop occupée à bavarder ?

Je me suis installée sur mon éponge, impatiente d'entendre la suite.

— Tout a commencé quand un groupe d'humains a découvert notre monde. Il y avait une course de voiliers non loin d'ici. Deux bateaux ont chaviré. Des habitants de Rocville ont aidé les humains à bord. Ils ont ensuite effacé leur mémoire, mais une femme a été oubliée. Elle a parlé de cette rencontre autour d'elle. Très vite, la rumeur s'est répandue dans leur monde et dans le nôtre. Les humains et les sirènes se sont donné rendez-vous. Ils voulaient partir sur une île pour vivre en paix, tous ensemble. On racontait qu'un tel lieu existait déjà.

— C'est vrai ?

— Ce n'était qu'une rumeur. Je n'y ai jamais cru. En tout cas, Neptune était furieux.

— Qu'est-ce qui s'est passé ?

— Il a provoqué des tempêtes pendant des semaines et il leur a interdit de se revoir, sous peine d'emprisonnement. Il a voyagé dans chaque région pour mettre en garde la population.

— C'est vrai ? s'est étonnée Shona. Neptune sort rarement de son palais ! Est-ce qu'il est venu à Rocville ?

— Bien sûr.

Mon amie a bondi sur son éponge.

— Vous l'avez rencontré ?

Mme Tourdequeue a hoché la tête.

— Son arrivée a demandé des jours de préparation. Neptune aime qu'on lui offre des bijoux et des pierres précieuses. Nos tritons ont dû fouiller les rochers pendant des jours. On lui a même fabriqué un nouveau sceptre.

— Il était content ?

— Il était ravi. Il nous a donné un dauphin en remerciement.

— Est-ce que les humains et les sirènes lui ont obéi ?

— Pas du tout. Ils ont continué à se voir en secret.

— Et le mariage ? ai-je demandé en retenant mon souffle.

— C'était un triton. Un poète. Il a épousé une humaine sur les Rochers arc-en-ciel.

Des milliers de pensées insaisissables ont jailli dans ma tête, comme des bulles qui éclatent quand on les touche.

— Il s'appelait comment ? a demandé Shona.

Mme Tourdequeue a touché son chignon.

— Jake Claquequeue ? Claquemer ? Claquevague ? Je ne m'en souviens plus !

J'ai baissé la tête et fermé les yeux.

— Claquevent ? ai-je murmuré.

— Exact ! Claquevent !

Les bulles dans ma tête se sont transformées en pierres. Ma gorge s'est nouée.

— Ils ont eu une petite fille ensemble. C'était il y a douze ou treize ans.

J'ai hoché la tête, incapable de parler.

— La femme de Jake lui a rendu visite sur les rochers avec le bébé. C'est ce jour-là qu'on l'a arrêté.

— Qu'est-ce qui s'est passé ? a demandé Shona.

— Ils ont envoyé Jake en prison. Neptune s'est servi de lui comme exemple. Il est emprisonné à vie.

— Et le bébé ?

— Aucune idée. Le plus important, c'est que son père ait été arrêté.

Mme Tourdequeue a balayé la pièce du regard.

— Je vous laisse, les filles. Je dois retourner à mon groupe de lecture.

— Merci, ai-je répondu, le regard dans le vide.

On est restées assises en silence. J'étais sous le choc.

— C'est moi, pas vrai ? ai-je dit à Shona. Le bébé ?

— Tu aimerais que ce soit toi ?

— Je ne sais pas… Je ne sais plus qui je suis.

Shona m'a regardée droit dans les yeux.

— Il faut qu'on se renseigne, Emily. Ton père est vivant ! C'est une bonne nouvelle !

— Il est en prison. Pour la vie !

— Au moins, tu sais qu'il ne t'a pas abandonnée !

Elle avait raison. Peut-être qu'il pensait même encore à moi.

— Il faut qu'on retourne à l'épave, a dit Shona.

— Jamais de la vie !

— Réfléchis, Emily. Pense au rêve de ta mère, et à ce qu'a dit Mme Tourdequeue. Ils y sont peut-être allés ensemble !

— J'ai besoin de quelques jours pour réfléchir.

— Comme tu veux. On se voit mercredi ?

— D'accord.

— Ça va aller ?

— Oui. Ne t'en fais pas pour moi.

Je suis sortie de la bibliothèque et j'ai nagé jusqu'à chez moi, la tête aussi remplie et insondable que l'océan.

Chapitre 7

— Tu n'as pas faim ? a demandé ma mère.

J'avais tellement remué mes céréales que le lait était devenu marron et les flocons tout mous. Ma mère feuilletait le journal en fronçant les sourcils, ses lunettes perchées au bout du nez. J'avais envie de lui parler de mes aventures, mais je ne savais pas comment m'y prendre. Après tout, ce n'est pas le genre de sujet qu'on aborde au petit-déjeuner : « Au fait, maman, tu n'aurais pas épousé un triton et eu un enfant avec lui ? UN ENFANT À QUI TU N'EN AS JAMAIS PARLÉ ?! »

Ma cuillère m'a échappé et a atterri dans le bol. J'ai éclaboussé la table. Ma mère a essuyé le coin de son journal. Je me suis levée et j'ai vidé les céréales dans l'évier.

— Ça va, Emily ? On dirait que tu as la tête ailleurs.

J'ai fait mine de ne pas l'entendre. Je me suis rassise en jouant avec mes cheveux. Ma mère a enlevé ses lunettes et croisé les bras sur sa poitrine. Elle m'a regardée droit dans les yeux.

— Dis-moi ce qui te tracasse, ma puce.

C'était maintenant ou jamais.

— Pourquoi tu ne parles jamais de mon père ?

Elle a quasiment bondi de sa chaise.

— *Quoi ?!*

— Je ne connais rien de lui ! C'est comme s'il n'avait jamais existé.

Ma mère a remis ses lunettes. Elle s'est dirigée vers la gazinière et a posé la bouilloire sur le feu.

— Je ne sais pas quoi te dire, Emily.

— Commence par le début.

— J'aimerais beaucoup… mais je ne *peux* pas.

Des larmes dévalaient ses joues. S'il y a bien une chose que je ne supporte pas, c'est voir ma mère pleurer. Je me suis levée et j'ai passé un bras sur ses épaules.

— Je suis désolée, maman. Oublie ce que j'ai dit. Ce n'est pas important.

— Bien sûr que si ! J'aimerais te parler de lui, mais… je ne m'en souviens pas.

— Comment ça ?

— Parfois, des détails me reviennent, mais ils disparaissent aussitôt.

— Ils *disparaissent* ?

— Comme lui ! Je ne me souviens pas de mon propre mari. Du père de ma fille ! Je suis une mauvaise mère.

Elle a enfoui son visage dans ses mains.

— N'importe quoi ! Tu es super, maman. Tu es la meilleure !

— C'est vrai ?

Elle a lissé sa jupe et posé une main sur ma joue.

— J'ai de la chance de t'avoir. Tu es une fille formidable. Je ne te mérite pas...

— Ça suffit, maman ! On change de sujet. Tiens, et si tu me donnais mon argent de poche ?

Elle a éclaté de rire.

— Bien sûr. Passe-moi mon porte-monnaie.

Elle m'a tendu un billet et je suis sortie prendre l'air.

Je suis passée devant la salle d'arcade. La vie était vraiment injuste. Je ne pouvais même pas y jouer pour me changer les idées ! Je n'étais pas d'humeur à me faire hurler dessus par Mandy.

J'ai acheté une barbe à papa sur la promenade et j'ai longé les quais en me posant des centaines de questions. J'étais tellement préoccupée que je n'ai pas vu M. Beeston devant moi. Je lui ai foncé dedans.

— Oups ! Désolée.

Il m'a offert son habituel sourire en coin, celui qui me donne des frissons.

— Comment va ta mère, petite ?

Sa question tombait à pic. Après tout, M. Beeston vivait ici depuis longtemps, et il connaissait bien ma mère. Il était peut-être au courant de quelque chose !

— Elle n'a pas le moral aujourd'hui, ai-je dit en faisant fondre le sucre rose dans ma bouche.

— Qu'est-ce qui lui arrive ?

— Elle est triste.

Son sourire s'est envolé.

— Pourquoi ? Est-ce qu'elle est malade ? Il lui est arrivé quelque chose ?

— C'est à cause de mon père.

— *QUOI ?!*

Sa réaction m'a surprise. M. Beeston avait l'air paniqué. Je ne comprenais pas ce qui lui arrivait, mais il fallait que j'insiste.

— Je lui ai posé des questions sur mon père et elle s'est mise à pleurer.

— Qu'est-ce qu'elle t'a dit ?

— Rien.

— Rien du tout ?

— Elle m'a répondu qu'elle ne se souvenait de rien.

— Tu en es sûre ?

J'ai hoché la tête. M. Beeston a poussé un soupir, comme s'il était soulagé.

— Est-ce qu'elle vous a déjà parlé de lui ? Après tout, vous êtes son ami.

Il a examiné mon visage en plissant les yeux. Ma question était ridicule. Pourquoi se confierait-elle à lui, et pas à moi ? Et puis, M. Beeston me mettait mal à l'aise. Je n'avais qu'une envie : partir en courant. J'ai détourné le regard. J'allais faire demi-tour quand il m'a attrapée par le coude, montrant la promenade du doigt.

— Viens, petite. Il faut qu'on parle.

Je me suis débattue, mais M. Beeston tenait bon. Il a même accéléré le pas. On a marché jusqu'au bout des quais et il m'a forcée à m'asseoir sur un banc.

— Écoute-moi bien, d'accord ? Je ne le répéterai pas deux fois. Et n'en parle pas à ta mère ! Tu l'as rendue assez triste comme ça.

— Mais...

— Je sais. Ce n'est pas ta faute.

Il s'est essuyé le front avec un mouchoir qu'il a glissé ensuite dans la poche de son pantalon troué.

— Ton père et moi, on était amis. Meilleurs amis. Certains nous prenaient même pour des frères.

Des frères ? Bizarre... M. Beeston devait pourtant être beaucoup plus âgé que mon père !

— On était inséparables. On allait à la pêche, on faisait de la moto...

— De la *moto* ?

— On adorait ça ! On passait nos week-ends à s'amuser et à flirter avec les filles.

J'ai essayé d'imaginer M. Beeston en train de draguer. J'en ai eu des frissons.

— Quand il a rencontré ta mère, tout a changé.

— Pourquoi ?

— Ils sont tombés amoureux. Du jour au lendemain, les voitures ne l'intéressaient plus.

— Les voitures ou les motos ?

— Peu importe !

Il a fixé l'horizon, les mains dans les poches.

— Il passait son temps avec elle, mais leur histoire n'a pas duré. Ton père n'était pas le garçon qu'on croyait. Il nous avait menti.

— Comment ça ?

— C'est… délicat. Disons qu'il était prêt à accompagner ta mère au jardin, mais pas à passer le portail.

— C'est-à-dire ?

M. Beeston est devenu tout rouge.

— Il était prêt à semer, mais pas à récolter.

— Je ne comprends rien à ce que vous racontez…

— Je parle de *responsabilités* ! D'où penses-tu que tu viens, petite ?

— Vous voulez dire qu'il a quitté ma mère après l'avoir mise enceinte ?

M. Beeston a hoché la tête. Il avait l'air gêné et furieux.

— Où est-ce qu'il est parti ?

— Aucune idée. Il n'a donné de nouvelles à personne. Il n'était pas prêt à être père. C'était un fainéant, incapable d'assumer ses responsabilités. Je ne lui pardonnerai jamais son départ. Jamais !

M. Beeston s'est levé, le visage fermé. Je l'ai suivi le long de la promenade.

— Personne n'a essayé de le retrouver ?

Il a tourné la tête vers moi, mais c'était comme s'il ne me voyait pas. Comme s'il ne voulait pas me regarder dans les yeux.

— Bien sûr que si ! J'ai fait le tour du pays, j'ai lancé des avis de recherche. On a même diffusé un message à la radio pour qu'il vienne rencontrer sa… sa…

— … sa fille ?

Silence.

— Il ne m'a jamais vue ?

— Non. On a fait tout ce qu'on a pu.

Cette histoire me paraissait improbable, mais j'ai essayé de la digérer. On a croisé un jeune couple avec un enfant et un chien. L'homme portait le bébé, la femme riait et le chien sautillait à leurs côtés. Une vraie famille. Un peu plus loin, un vieux couple se promenait, main dans la main.

Sans m'en rendre compte, on était arrivés devant le phare.

— Il faut que j'y aille, ai-je dit.

M. Beeston m'a retenue par le bras.

— Ne parle jamais de cette conversation à ta mère, compris ?

— Pourquoi ?

— Parce qu'elle a assez souffert comme ça.

Il m'a regardée droit dans les yeux et a serré mon bras encore plus fort.

— Quand un souvenir est trop douloureux, on est capable de l'oublier pour se préserver. C'est prouvé scientifiquement. Si tu lui parles de son passé, tu lui feras du mal. Promets-moi de ne rien lui dire.

— Promis.

Il a lâché mon bras en soupirant.

— Parfait. On se voit cet après-midi ?

— Non, j'ai prévu autre chose.

C'était un mensonge, mais je ne voulais pas passer mon dimanche avec ma mère et M. Beeston. Surtout après cette conversation étrange.

— Dis à ta mère que je serai là à quinze heures.

— D'accord.

J'étais pressée de rentrer chez moi. Pendant un bref instant, j'ai imaginé M. Beeston en train de m'enfermer dans son phare. Je ne sais pas d'où m'est venue cette idée. Je me suis frotté le bras. Je sentais encore ses ongles contre ma peau, mais ce n'était rien comparé à la tristesse qui s'était emparée de moi. À en croire ces révélations, Jake n'était pas mon père. Et M. Beeston n'avait aucune raison de mentir… pas vrai ?

Il a enfoui une main dans sa poche et en a sorti une chaîne avec cinq porte-clés. Il les a examinés un à un, l'air inquiet.

— Où est-elle passée ? a-t-il marmonné.

Il a retourné les poches de son pantalon.

— Vous avez perdu la clé du phare ?

— Pas celle du phare… Une autre…

Il a levé la tête vers moi, comme s'il avait oublié que j'étais là.

— Rentre chez toi, petite. Et n'oublie pas notre secret.

Il a ouvert la porte du phare et l'a fermée à clé derrière lui.

En partant, j'ai heurté quelque chose avec mon pied. Un porte-clés ! Curieuse, je l'ai ramassé. C'était une petite plaque en cuivre incrustée de pierres précieuses. Un dessin de fourche était gravé dessus. Une clé lourde et épaisse y était accrochée, ainsi qu'une petite en métal comme celle que ma mère utilise pour fermer sa valise. Une fine chaîne en or pendait à la plaque. Le fermoir était cassé.

J'ai frappé à la porte du phare.

— M. Beeston ?

Je l'ai appelé, j'ai frappé de toutes mes forces. Il n'a pas répondu. J'ai inspecté la plaque, frôlant les pierres du bout des doigts. Tant pis. Je lui rendrais le porte-clés la prochaine fois.

Je l'ai enfoui dans ma poche et je suis rentrée à la maison.

Chapitre 8

J'ai essayé d'échapper au cours de natation en mentant à M. Bird. Je lui ai fait croire que j'avais une verrue au pied. Résultat : il m'a forcée à porter des chaussettes en caoutchouc. Non seulement il fallait que je me baigne, mais j'avais en plus l'air ridicule. Je ne savais plus quoi faire ! Mon secret serait dévoilé. Tout le monde me traiterait de monstre.

Bob nous attendait au bord de la piscine. J'ai marché le plus lentement possible. Mon cœur s'est emballé dans ma poitrine.

— Ceux qui savent nager peuvent entrer dans le bassin.

J'ai prié pour qu'il ne se souvienne pas de moi. Il fallait que je trouve une excuse… tout de suite ! Mandy a donné un coup de coude à Julie en me regardant du coin de l'œil.

— Qu'est-ce que tu attends, Madame Poisson ? Tu es timide ?

Bob a tourné la tête vers nous. J'ai reculé d'un pas. J'aurais aimé que le mur m'avale tout entière.

— Ah ! C'est toi qui as eu une crampe, pas vrai ? Cette fois, fais attention. Je ne voudrais pas qu'il t'arrive la même chose.

— Je veux revoir comment *elle* nage, a dit Mandy.

Toute la classe s'est tournée vers moi. Mandy m'a poussée en avant. J'ai perdu l'équilibre, j'ai dérapé sur le sol mouillé… et j'ai plongé dans la piscine. *PLOUF !*

Pendant un instant, j'ai oublié Mandy. Une fois dans l'eau, plus rien ne comptait. J'étais dans mon élément, comme s'il s'agissait de ma tenue préférée, douce et chaude contre ma peau.

Puis je me suis rappelé où j'étais !

Je suis remontée à la surface. Trente paires d'yeux étaient rivés sur moi. Mes jambes ont commencé à se lier. Je ne voulais pas me transformer devant eux ! J'ai nagé à la force des bras, en traînant le bas de mon corps. J'ai prié pour que ma queue n'apparaisse pas. J'ai nagé le plus vite possible, mes bras battant l'eau comme les ailes d'un moulin.

À bout de souffle, j'ai réussi à atteindre le bord et à me hisser hors du bassin. Juste à temps ! Mes jambes se sont relâchées. Bob avait l'air inquiet.

— Tu t'es fait mal ?

En voilà, une bonne idée ! J'ai attrapé mon pied en grimaçant.

— Je… Je pense que je me suis foulé la cheville.

— Qu'est-ce qui s'est passé ?

— Mandy m'a poussée.

Elle m'a lancé un regard noir. Bob a froncé les sourcils.

— Dans ce cas, vous êtes toutes les deux privées de piscine. Quant à toi, repose cette cheville.

Il a rejoint le reste de la classe.

— Allez, tous à l'eau ! Le spectacle est terminé.

J'ai fait mine de boiter jusqu'aux vestiaires. J'avais des frissons, non pas à cause du froid, mais de ce que Mandy m'a murmuré à l'oreille.

— Je me vengerai, Madame Poisson. Tu verras.

Ce soir-là, je suis retournée visiter l'épave avec Shona. Dehors, le ciel était rempli d'étoiles et la lune était cachée derrière un nuage.

— On y est presque ! a-t-elle dit.

Je l'ai suivie, la lumière dorée du bateau nous guidant vers lui.

— J'ai changé d'avis, Shona ! Je ne veux pas y aller.

— Pourquoi ?

— Parce que Jake n'est pas mon père.

— Comment ça ?

— Mon père nous a abandonnées.

Je lui ai raconté l'histoire de M. Beeston.

— Tu penses qu'il dit la vérité ?

J'ai réfléchi un instant. Pourquoi m'aurait-il menti ? Je m'étais posé cette question des centaines de fois depuis notre conversation. Je n'avais pas confiance en lui, mais je ne voulais pas non plus me faire de faux espoirs.

Shona a jeté un œil vers l'épave.

— Allons-y quand même.

— À quoi bon ?

— On n'a rien à perdre ! Et je veux te montrer quelque chose. C'est à propos de la porte au bout du couloir.

— Comme tu veux.

Après tout, ce bateau n'avait plus aucun rapport avec moi. Pas la peine d'en avoir peur.

On a soulevé la trappe et emprunté le couloir sombre, les mains posées contre les parois gluantes.

— Qu'est-ce que tu veux me montrer ?

— Il y avait un symbole sur la porte.

— Quel symbole ?

— Un trident.

— Qu'est-ce que c'est ?

— Le symbole de Neptune. Il ne quitte jamais son trident. Il s'en sert pour provoquer des tempêtes et créer des îles.

— Il crée des *îles* ?

— Seulement quand il est de bonne humeur. Le reste du temps, il est trop en colère. Il paraît même qu'il transforme des gens en pierre. Son palais est rempli de statues d'animaux qui lui ont désobéi. Il sait aussi couler des bateaux, conjurer des montagnes de nourriture et former des volcans.

On est arrivées devant la porte.

— Regarde !

Shona a montré du doigt une plaque en cuivre fixée au centre, avec un symbole gravé dessus. Le même que sur le porte-clés de M. Beeston.

— Impossible !

Je l'ai attrapé dans ma poche et je l'ai montré à Shona.

— Où as-tu trouvé ça ?

— M. Beeston l'a perdu.

— Nom d'un requin !

J'étais perdue. Il devait y avoir une explication ! Shona m'a arraché le porte-clés des mains et a glissé la plus grosse clé dans la serrure.

La porte s'est ouverte.

On est entrées en silence. C'était une petite pièce avec un bureau au milieu, recouvert de dossiers plastifiés. Un tabouret était cloué au sol. Shona a tiré sur une corde qui pendait au plafond. Une lumière orange s'est allumée. Elle provenait d'une longue créature auquel la corde était attachée.

— C'est une anguille électrique.

J'ai balayé la pièce du regard. Shona a nagé jusqu'à une étagère en métal.

— La seconde clé doit ouvrir autre chose.

Elle avait raison. Elle me l'a tendue et je l'ai glissée, au hasard, dans la serrure d'un tiroir. J'ai fermé les yeux, espérant que rien ne se passe. J'avais trop peur.

À mon grand soulagement, la clé ne rentrait qu'à moitié.

— Allons-y, Shona. Il n'y a plus rien à voir.

En faisant demi-tour, je me suis cognée contre le tabouret et un banc de petits poissons noirs a jailli de sous le bureau.

— Oh ! Regarde, Emily !

Shona a tiré sur la manche de ma veste. Il y avait un coffre en bois sous la table, bordé de cuivre et entouré d'une chaîne en métal. On aurait dit un coffre à trésor, comme dans les films. Il était lourd, mais on a réussi à le tirer vers nous.

— Nom d'un aileron !

Shona a écarquillé les yeux. J'ai suivi son regard. Un cadenas en cuivre pendait à la chaîne. J'ai glissé la clé à l'intérieur et le cadenas s'est ouvert.

Je n'étais même pas surprise.

J'ai soulevé le couvercle du coffre. Il était rempli de dossiers bleus et verts. J'ai fouillé parmi eux, jusqu'à ce que je tombe sur un classeur un peu différent. Il était plus épais, moins abîmé.

Et il y avait mon nom dessus.

Chapitre 9

Je me suis agrippée tellement fort au dossier que je ne sentais plus mes doigts.

— Qu'est-ce que c'est ? a demandé Shona.

J'ai jeté un œil dans le coffre. Un deuxième classeur portait le nom de ma mère, et un troisième celui dont je rêvais depuis des jours : Jake Claquevent.

Je l'ai attrapé et j'ai suivi les lettres avec mon index. J'ai lu et relu son nom des dizaines de fois. Je me demandais si c'était une erreur, ou une blague.

— Jake est vraiment mon père.

Bien sûr que c'était lui. Je le savais, je le sentais depuis que j'avais entendu son nom pour la première fois. Ce dossier était la preuve qui me manquait pour *enfin* y croire !

Je l'ai ouvert d'une main tremblante. Les feuilles étaient plastifiées, tamponnées du trident de Neptune.

— Quel est le rapport avec M. Beeston ? a demandé Shona.

— Peut-être qu'il connaît vraiment mon père, et qu'il essaie de l'aider ?

Franchement, je n'y croyais pas. À voir sa tête, Shona non plus. Je voulais en avoir le cœur net. J'ai fixé les classeurs dans mes mains. Si je les ouvrais, je ne pourrais plus revenir en arrière, ni continuer à faire semblant. Est-ce que j'en avais vraiment envie ? J'ai passé une main dans mes cheveux et j'ai réfléchi un long moment.

Il *fallait* que je les lise ! Peu importe ce qui m'attendait. Je devais connaître la vérité.

J'ai ouvert le dossier qui portait mon nom. Un petit bout de papier plastifié s'en est échappé. Shona l'a lu par-dessus mon épaule.

EC 1 : fausse alerte.

Rien à signaler. Aucun gène de sirène identifié. Probablement négatif (50 % de risques). Détection d'écailles : nulle.

— Nom d'un océan ! Qu'est-ce que ça veut dire ?

J'ai secoué la tête et j'ai sorti un autre bout de papier.

EC 8 : moment de vérité ?

Le sujet a encore demandé à apprendre à nager (cf. dossier MPC). CNB présent pour témoigner. Demande rejetée par la mère. À surveiller de près. Gène sûrement négatif mais l'expérience NE DOIT PAS être abandonnée. Observation à continuer – priorité.

— C'est *moi*, le sujet ?

Shona a froncé les sourcils.

M. Beeston m'espionnait ? Et s'il nous observait *en ce moment même* ? J'ai nagé jusqu'à la porte. Un poisson bleu s'est faufilé à l'intérieur. Je l'ai fermée derrière lui.

On a lu le reste du dossier. Tout se ressemblait. Les titres et les initiales n'avaient aucun sens.

J'ai ouvert le dossier de ma mère.

MPC 0 : objectifs.

MPC – risque de détection du monde sous-marin. Supervision constante par CNB. Drogue M administrée.

— Drogue M ? s'est écriée Shona. Je sais ce que c'est ! Ils lui effacent la mémoire !

— *Quoi ?*

— M. Beeston travaille pour Neptune !

— Impossible !

— C'est étrange qu'ils n'aient pas envoyé ta mère loin d'ici. Les effets de cette drogue s'estompent quand on vit près de l'océan. On l'a étudié le trimestre dernier.

— Tu penses vraiment qu'ils ont drogué ma mère ?

— Pire, ils continuent à le faire. Une dose n'est pas suffisante, Emily. M. Beeston doit la droguer régulièrement.

Régulièrement ? Voilà qui expliquait toutes ses visites.

On a feuilleté le dossier de ma mère. M. Beeston avait noté jusqu'à ses moindres mouvements. Cet homme nous espionnait depuis des *années*. Il nous avait menti !

— Je me sens mal.

J'ai fermé le dossier. Shona a attrapé celui de Jake. Il y avait une note sur la couverture : « Aile Est : E 930 ».

On a lu le reste en silence.

JC 3 : mauvaise influence sur les autres détenus.
JC continue à réfuter le verdict. Renfrogné et colérique.

JC 8 : nette amélioration.
Le sujet s'habitue à la vie en prison.

JC 11 : isolation.
Opération Île Déserte discutée entre prisonniers. Cellule d'isolation – trois jours.

— Opération Île Déserte ? a répété Shona. Alors, ce n'est pas une légende ! Il existe vraiment une île où sirènes et humains vivent en communauté.

On a repris notre lecture. Encore des chiffres, des dates et des initiales. J'ai poussé un soupir de frustration.

— Je ne comprends rien !

Impossible de faire les cent pas avec ma queue. Je me suis mise à nager d'un bout à l'autre de la pièce.

Shona a posé le dossier de mon père et en a attrapé un autre dans le coffre.

— Écoute ça ! *Projet Phare. CNB devient gardien de phare à Brightport jusqu'à résolution du problème Claquevent. Rez-de-chaussée aménagé pour en faciliter l'accès. Ancien gardien : Drogue M administrée et retrait immédiat des lieux.*

— C'est horrible. Qu'est-ce qu'on va faire, Shona ?

— Je ne sais pas, mais il faut voir le bon côté des choses. Tu as retrouvé ton père !

Mon *père*. Ce mot me paraissait étrange. Anormal. Et puis, c'était son dossier que j'avais retrouvé. Pas lui.

— Résumons la situation. On sait que Jake est mon père.

— Exact.

— On sait qu'il est en prison et qu'il ne voulait pas m'abandonner.

— C'est certain.

— Je sais ! On va lui rendre visite !

Shona m'a regardée comme si j'étais folle. J'ai rangé les dossiers dans le coffre que j'ai ensuite fermé à clé.

— On y va ?

— Où ça ?

— À la prison ! Il faut que je le rencontre.

— Emily, la prison est loin d'ici…

— Et alors ? On est des sirènes ! On peut nager loin, pas vrai ?

— Moi, oui… mais pas toi. Tu n'es pas habituée aux longues distances.

J'ai croisé les bras sur ma poitrine.

— Tu veux dire que je ne suis pas aussi forte que toi ? Je pensais que tu étais mon amie, Shona. Je croyais même que tu étais en train de devenir ma *meilleure* amie !

Shona a remué la queue. Son visage s'est illuminé.

— C'est vrai ? J'adorerais être ta meilleure amie !

— Alors, pourquoi tu ne veux pas m'aider ?

— Je *veux* t'aider, Emily, mais c'est beaucoup trop loin d'ici. On n'y arrivera jamais.

— On ne le saura pas tant qu'on n'essaiera pas. S'il te plaît, Shona ! Si tu étais *vraiment* ma meilleure amie, tu dirais oui.

Elle a poussé un soupir.

— Bon, d'accord. Mais si tu te sens fatiguée, tu me préviens et on fait demi-tour. Promis ?

J'ai remis le coffre à sa place sous le bureau.

— Promis.

Je ne savais pas depuis combien de temps on nageait. Une heure, peut-être plus. J'avais mal aux bras. Je ne sentais plus ma queue. Je ne voulais pas l'admettre, mais j'étais à bout de forces. Shona avait raison.

De temps en temps, une mouette plongeait dans l'eau et attrapait un poisson.

— C'est encore loin ? ai-je demandé.

— On n'est même pas à la moitié. Comment tu te sens ?

— Bien, ai-je menti. Tout va bien.

On a continué à nager en silence. Quelques minutes plus tard, Shona a ralenti pour m'attendre.

— Tu es sûre que ça va ?

J'ai bu la tasse et manqué de m'étouffer. Elle m'a attrapée par le bras.

— On peut faire une pause, si tu veux. Il y a une île à cinq minutes d'ici. On se sentira mieux après.

— Si tu veux.

— Suis-moi.

L'île était minuscule, à peine plus grande que le rocher où on se donnait rendez-vous. Le sol était couvert de galets. Je me suis traînée hors de l'eau et je me suis allongée, à bout de souffle. Mes jambes sont réapparues.

J'ai fermé les yeux un instant, jusqu'à ce que Shona me secoue l'épaule.

— Réveille-toi, Emily. Le jour se lève.

— Déjà ? J'ai dormi longtemps ?

Shona a haussé les épaules.

— Tu aurais dû me réveiller ! On n'arrivera jamais à temps ! Tu l'as fait exprès !

Elle a baissé la tête, l'air triste. Je savais que ce n'était pas sa faute. Depuis notre rencontre, elle avait été gentille et généreuse avec moi.

— Excuse-moi, Shona. Je suis juste déçue.

— Je sais. La prison est trop loin, même pour moi.

— Je ne rencontrerai jamais mon père. Si ça se trouve, il a même oublié qu'il a une fille !

Une larme salée a dévalé ma joue. Shona a passé un bras sur mes épaules

— Je suis désolée, Emily.

— Moi aussi. J'ai été méchante avec toi. Tu es géniale, Shona. Merci pour ton aide. Tu avais raison. On n'y arrivera pas aujourd'hui.

Elle m'a souri en montrant l'horizon.

— Tu vois le gros nuage qui ressemble à une baleine ? Et celui qui ressemble à une étoile de mer à côté ?

J'ai regardé au loin. *Très* loin.

— Euh… Je pense que oui.

— Juste en dessous, l'eau est plus claire qu'ailleurs. C'est la Grande Barrière marine. C'est un mur géant, recouvert de coraux de toutes les formes et de toutes les couleurs. La prison est de l'autre côté.

J'ai poussé un soupir de désespoir.

— C'est *vraiment* loin, Shona.

— Je sais. On va trouver une solution. Je te le promets.

Elle a passé une main sur les galets. Elle en a choisi deux et m'en a tendu un.

— Qu'est-ce que c'est ?

— Un galet d'amitié. Ça veut dire qu'on est meilleures amies. Enfin… seulement si tu en as envie.

— Bien sûr que j'en ai envie !

— Ils sont presque identiques. On en garde un chacune. C'est la preuve qu'on sera toujours là l'une pour l'autre.

— Merci, Shona. C'est le plus beau cadeau qu'on m'ait offert.

J'ai nettoyé mon galet dans l'eau. Il est devenu lisse et brillant. Shona a glissé le sien dans sa queue et j'ai rangé le mien dans la poche de ma veste.

Le soleil était en train de se lever à l'horizon. Shona est retournée à l'eau.

— Allons-y. Il va bientôt faire jour.

On a nagé jusqu'aux Rochers arc-en-ciel et on s'est dit au revoir.

— On se revoit dimanche ? ai-je demandé.

Shona est devenue toute rouge.

— Est-ce qu'on peut repousser à lundi soir ? J'ai mon spectacle de danse lundi matin. Je ne veux pas être fatiguée pour mes triples flips.

Je n'ai pas pu m'empêcher de sourire.

— Pas de problème, Shona. Bonne chance !

J'ai nagé jusqu'à la maison. J'étais tellement épuisée que j'aurais pu dormir debout. En même temps, des milliers de questions défilaient dans ma tête. J'étais triste. Je savais enfin où était mon père, mais je ne pouvais pas lui rendre visite. C'était comme le perdre une seconde fois. Si seulement ma mère se souvenait de son passé !

Je me suis blottie sous la couette en repensant à ce qu'avait dit Shona : les effets de la drogue M s'estompent quand on est près de l'océan.

Ça y est ! J'avais *enfin* trouvé une idée.

Chapitre 10

Tous les dimanches, ma mère fait la grasse matinée. D'après elle, si Dieu s'accorde une journée de repos, elle le mérite aussi. Je n'ai pas le droit de la déranger avant midi.

J'ai fait les cent pas d'un bout à l'autre du bateau en attendant qu'elle se réveille. Il fallait que je lui parle avant l'arrivée de M. Beeston, mais elle dormait profondément. Alors, j'ai brisé la règle d'or. Je suis entrée dans sa chambre et je me suis assise sur le lit.

— Maman ?

Elle n'a pas bronché. J'ai approché la bouche de son oreille.

— Maman ?

Elle a entrouvert un œil.

— Qu'est-ce qui se passe, Emily ?

— Il faut que tu te lèves.

— Pourquoi ?

— J'ai envie d'aller me promener.

Elle m'a tourné le dos en grognant.

— S'il te plaît, maman ! J'aimerais passer la journée avec toi.

Silence.

— On ne fait jamais rien ensemble.

Elle a poussé un soupir.

— Quelle heure est-il ?

J'ai retourné son réveil.

— Peu importe.

Elle s'est frotté les yeux et s'est allongée sur le dos.

— Tu ne vas pas me lâcher tant que je ne serai pas debout, pas vrai ?

Je lui ai souri.

— Donne-moi cinq minutes.

— Tu vas te rendormir…

— Je te jure que non ! Prépare-moi un thé pour te faire pardonner.

Dix minutes plus tard, ma mère buvait son thé et mangeait ses tartines.

— Où veux-tu aller, maintenant que tu as gâché ma matinée ?

Je savais *exactement* où emmener ma mère : la baie de Rocville. Le point le plus proche des Rochers arc-en-ciel. Une ligne de bus s'arrêtait juste devant. J'avais vérifié. Ensuite, il suffirait de marcher jusqu'au bord de la falaise. J'espérais que ses souvenirs lui reviendraient une fois sur place.

— J'aimerais passer la journée sur la côte, ai-je répondu en beurrant ma tartine.

— Il faudra être de retour pour quinze heures. Je ne veux pas faire attendre M. Beeston.

— Tu ne peux pas annuler, pour une fois ?

— Non, Emily. M. Beeston est mon ami. Tu sais que je n'aime pas le décevoir. Combien de fois devrai-je te le rappeler ?

— Comme tu veux.

Ce n'était pas le moment de lui avouer la vérité sur son « ami ». Et puis, je n'avais pas vraiment de preuves.

La gorge nouée, j'ai croqué dans ma tartine. On avait le temps d'y aller, même en rentrant tôt. C'était tout ce qui comptait. Je pourrais même faire en sorte de rater le bus du retour ! Il fallait que ma mère retrouve la mémoire.

Je n'avais pas le choix.

On a regardé la mer défiler derrière la vitre du bus. Dès que j'ai aperçu les rochers au loin, j'ai appuyé sur le bouton pour descendre au prochain arrêt.

— Je suis contente que tu m'aies réveillée, a dit ma mère en admirant la vue. Quel bel endroit !

Elle s'est assise sur un banc vert qui donnait sur la mer, elle a plongé une main dans son sac et en a sorti des sandwiches.

— Qu'est-ce que tu fais, maman ?

— C'est l'heure du pique-nique !

— Pas *ici* ! On est collées à la route.

— Je ne vois pas d'autre endroit.

— On pourrait manger au bord de la mer.

Elle a froncé les sourcils.

— S'il te plaît, maman.

— Comme tu veux.

Elle a rangé les sandwiches et on a emprunté un sentier le long de la falaise. Tout au bout, un chemin escarpé et rocailleux descendait vers la plage.

— Et maintenant ? a dit ma mère.

— On descend.

— Tu plaisantes ? Tu as vu mes chaussures ?

J'ai regardé ses pieds. Elle portait des sandales à talons.

— Ça va aller. Suis-moi.

— Je vais me tordre la cheville ! C'est trop dangereux, Emily.

Elle a fait demi-tour.

— Attends, maman !

On était si près du but ! Il fallait absolument qu'elle voie les rochers ! J'ai regardé autour de moi. Coup de chance : un autre chemin donnait sur la plage, moins raide et caché par des broussailles.

— Par ici, maman.

Elle a tourné la tête.

— Je passe en premier, ai-je dit. Comme ça, si tu tombes, tu atterriras sur moi.

J'ai souri pour détendre l'atmosphère. Elle m'a regardée de travers.

— Si je me casse une jambe, tu me serviras le petit-déjeuner au lit jusqu'à ce que je guérisse.

— Promis.

Je me suis frayé un chemin à travers les ronces, jetant un œil par-dessus mon épaule pour m'assurer que ma mère me suivait.

— Aïe ! Des orties !

On est arrivées en bas en un seul morceau chacun. Ma mère a ramassé de la menthe et l'a frottée contre son coude. Seulement quelques mètres d'eau nous séparaient des rochers. J'ai souri en admirant les vagues qui les caressaient et la lumière qui dessinait des arcs-en-ciel à la surface.

C'était vraiment beau.

— Est-ce que tu crois aux sirènes ?

Ma mère a éclaté de rire.

— Aux sirènes ? Qu'est-ce que tu rac…

Elle n'a pas terminé sa phrase. Elle a lâché la feuille de menthe et elle a fixé l'horizon, l'air confus.

— Où sommes-nous ? a-t-elle murmuré.

— Sur la côte.

Je n'avais pas réfléchi à ce que je lui dirais une fois sur place. Comment réagirait-elle quand elle apprendrait la vérité, quand je lui parlerais de Jake ? Et si elle nous traitait de monstres ? Et si elle avait honte de nous ? Pourquoi n'y avais-je pas pensé plus tôt ?

Ma mère a froncé les sourcils, comme si elle avait mal quelque part.

— Je suis déjà venue ici.

— Quand ?

— Je ne sais pas, mais je connais cet endroit.

— Est-ce que tu veux aller plus loin ?

— Non, Emily. Il est l'heure de rentrer. M. Beeston nous attend.

— Mais… on vient juste d'arriver !

— Je ne veux pas rester ici. J'ai un mauvais pressentiment. Je veux rentrer à la maison.

Elle a remonté le chemin tellement vite que j'ai eu du mal à la suivre.

En attendant le bus, on a mangé nos sandwiches sur le banc. Moi en cherchant mes mots, et elle en fixant l'horizon.

J'avais envie de tout lui raconter, mais je ne savais pas par où commencer. Le bus est arrivé et on est montées à bord en silence. Le temps de rentrer, il était déjà seize heures.

— Tu m'en veux ? ai-je demandé une fois dans notre bateau.

— Non, pourquoi ?

— Tu as l'air triste.

— Je ne suis pas triste, ma chérie. Je suis juste… Il y avait quelque chose à cet endroit… comme un souvenir… Je pense que je deviens folle.

— Tu n'es pas folle, maman. Raconte-moi.

— Il n'y a rien de précis. C'est plutôt une émotion. Une sensation… d'amour. Et de tristesse. De grande tristesse.

Elle a disparu dans le couloir pour accrocher son manteau.

— Prépare l'eau pour le thé. J'appelle M. Beeston. Il doit se demander ce qui nous a retardées.

J'ai rempli la bouilloire en jetant un œil par la fenêtre. Pas besoin de l'appeler : M. Beeston était en train de remonter la jetée. Il marchait vite et il avait l'air furieux.

BAM ! BAM ! BAM ! Il a frappé sur le toit. Ma mère est revenue dans la cuisine.

— Tiens, le voilà !

Elle a ouvert la porte en souriant.

— Bonjour, monsieur Beeston !

— Où étiez-vous passées ?

— On est allées se promener sur la côte.

— J'étais là à quinze heures ! Je vous ai attendues !

Il m'a lancé un regard noir. Ma mère a froncé les sourcils.

— Excusez-nous, monsieur Beeston. Asseyez-vous. Le thé est presque prêt.

Elle est allée chercher les tasses et les assiettes.

— Qu'avez-vous apporté de bon aujourd'hui ? Des muffins ? Des cookies ?

— Des beignets, a-t-il grogné.

Ma mère a posé les tasses sur la table. M. Beeston a enlevé sa veste. Il l'a posée sur le dossier de la chaise. Moi, je me suis assise sur le canapé et je les ai observés du coin de l'œil. Je voulais surprendre M. Beeston en train de droguer ma mère. Ils ont bu leur thé, mangé leurs beignets et discuté du prix des auberges et du mini-golf. Jusque-là, rien d'anormal.

M. Beeston a jeté un œil à sa montre.

— Il faut que j'y aille.

— Déjà ? ai-je demandé.

Zut ! Je n'avais rien vu ! Peut-être qu'il ne la droguait pas chaque semaine ?

— J'ai un rendez-vous dans dix minutes. Je suis toujours à l'heure, *moi*.

Il a enfilé sa veste et s'est dirigé vers la sortie.

— Au revoir, Marie.

Il a fermé la porte derrière lui. Ma mère a lavé les tasses dans l'évier. J'ai attrapé un torchon pour les essuyer.

— J'ai beaucoup aimé notre petite sortie, Emily. C'était très agréable.

— Tu as aimé les rochers ?

— Quels rochers ?

— Les Rochers arc-en-ciel.

— Qu'est-ce que tu racontes ?

— Ne me dis pas que tu as oublié ! Les rochers, les vagues, ce que tu as ressenti là-bas… L'amour, la tristesse, tout ça ?

Ma mère a éclaté de rire.

— Mme Partington a raison. Tu as vraiment une imagination débordante !

Je l'ai regardée lisser la nappe et ranger les chaises.

— Maman, de quoi on parlait avant l'arrivée de M. Beeston ?

Elle a réfléchi un instant. Elle s'est frotté le menton, à la fois inquiète et amusée.

— Je ne m'en souviens plus. Va chercher le balai et la pelle, s'il te plaît. Il y a des miettes partout.

Incroyable. Elle avait déjà tout oublié ! M. Beeston l'avait droguée sans que je m'en aperçoive !

J'ai pris le balai et la pelle dans le placard. Ma mère a balayé sous la table.

— Tu ne te souviens vraiment de *rien* ?

— Ça suffit, Emily ! Ce n'est pas drôle. Je ne veux plus entendre parler de rochers et d'arcs-en-ciel.

— Mais…

— EMILY !

Je connaissais ce ton. Il était temps de me taire. J'ai ramassé les sachets de beignets vides pour les jeter à la poubelle. Il y avait une inscription sur l'un d'eux : « MPC ».

— Pourquoi il y a tes initiales sur un sachet ?

— Je ne sais pas, a-t-elle répondu. Sûrement pour savoir lequel est à moi.

— Ce sont tous les mêmes.

— M. Beeston sait que je suis gourmande. Mon beignet devait avoir plus de sucre dessus.

— Dans ce cas, pas besoin de le noter.

— Tu me fatigues, Emily.

— J'essaie juste de comprendre !

Ma mère s'est mise à siffloter. Au lieu de jeter les sachets, je les ai emportés dans ma chambre. Je me suis assise sur le lit et j'ai fixé les initiales jusqu'à ce que les lettres deviennent floues.

C'est alors que j'ai compris.

La drogue était dans les beignets.

Chapitre 11

Lundi soir, après l'école, j'ai jeté mon sac par terre et me suis affalée sur le canapé. Ma mère était en train de lire un livre. Elle a marqué la page avant de le poser.

— Tu as passé une bonne journée ?

— Oui, merci.

Je me suis servi un verre de lait et je l'ai rejointe à table. Je n'arrivais pas à la regarder dans les yeux. J'aurais aimé qu'elle comprenne par elle-même que M. Beeston lui voulait du mal. Et puis, il fallait que je rende visite à Jake. Ma vie était devenue trop compliquée !

Quelqu'un a frappé contre le toit. J'ai sursauté, m'attendant à voir M. Beeston, mais c'était Millie. Elle a ouvert la porte, enveloppée dans sa grande cape noire.

— Bonsoir, a-t-elle dit d'une voix feutrée.

— Tu t'en vas ? ai-je demandé à ma mère.

— C'est l'assemblée générale du quartier. Je t'en ai parlé la semaine dernière.

— Ah bon ?

Elle a éclaté de rire.

— Je ne suis pas la seule à avoir la mémoire courte !

J'ai jeté un œil à ma montre.

— Il n'est que dix-huit heures.

— L'assemblée a lieu à la librairie. Je dois y aller en avance pour ouvrir.

Elle est allée chercher son manteau dans le couloir.

— Merci pour ton aide, Millie. Si je rentre trop tard, n'hésite pas à déplier le canapé.

— Bonne idée. Je manque d'énergie, aujourd'hui. C'est à cause du shiatsu et de mes nouveaux comprimés de ginkgo biloba.

BAM ! BAM ! BAM ! J'ai bondi de ma chaise. Cette fois, il s'agissait bien de M. Beeston.

— Il y va aussi ? ai-je murmuré à ma mère.

— Bien sûr ! C'est le président. Il va m'aider à préparer la salle. C'est très généreux de sa part.

— Je ne veux pas que tu y ailles, maman.

— Pourquoi ?

Je ne savais pas quoi répondre. Elle refusait de voir la vérité en face ! Elle pensait que M. Beeston était un homme gentil et *généreux*. Il fallait que je lui prouve le contraire !

— Ne t'inquiète pas, ma puce. Millie est là. Si tu as besoin de moi, je ne suis pas loin. Mais seulement en cas d'urgence, d'accord ?

Elle m'a embrassée sur la joue, a essuyé la marque de rouge à lèvres, et elle a rejoint M. Beeston sur le pont.

Je me suis assise sur le canapé avec Millie.

— Pourquoi tu ne vas pas à l'assemblée ?

— Je déteste les réunions, a-t-elle répondu en souriant.

On a regardé la télé en silence. Quelques minutes plus tard, elle s'est endormie, la bouche grande ouverte.

— Millie ?

Pas de réponse. Elle dormait profondément.

J'ai changé de chaîne et j'ai regardé une émission de cascades. Une femme sujette au vertige était sur le point de sauter à l'élastique.

Je n'avais jamais vu quelqu'un d'aussi terrifié de ma vie. Elle était blanche comme un linge. Malgré sa peur, elle a fermé les yeux… et elle a sauté du haut de la falaise ! Après le saut, elle a serré une petite fille dans ses bras.

« Il fallait que je le fasse ! a-t-elle dit à la caméra. Laura doit se faire opérer aux États-Unis. Je ne pouvais pas la laisser partir sans moi. J'ai décidé de vaincre ma peur pour elle. Parfois, il faut savoir couper les cordes qui nous retiennent pour aller de l'avant. »

Elle a encore serré sa fille dans ses bras et elles ont pleuré de joie.

Après l'émission, je suis allée me brosser les dents. Les paroles de cette femme tournaient en boucle dans ma tête. *Couper les cordes… aller de l'avant…*

Ça y est ! J'avais trouvé la solution ! Je ne pouvais peut-être pas nager jusqu'à la Grande Barrière marine, mais je pouvais y aller en bateau !

Est-ce que j'en étais capable ? J'ai jeté un œil à l'horloge dans la salle de bains. 20 h 30. Ma mère n'était pas près de rentrer. Millie dormait dans le salon. C'était maintenant ou jamais !

J'ai attrapé les clés du moteur et je suis sortie sur le pont. J'avais déjà conduit notre bateau. Tous les deux ans, on traverse le port pour faire contrôler la coque et ma mère me laisse la barre. On n'utilise jamais la voile. Je ne sais même pas pourquoi on la garde.

J'ai passé une main dans mes cheveux. Je devais être aussi blanche que la femme de l'émission avant son saut. Maintenant, je comprenais ce qu'elle ressentait. Je n'avais pas le choix. Il fallait que j'y aille, maintenant, peu importait le danger !

Je me suis emparée de la corde, prête à larguer les amarres. J'ai jeté un dernier coup d'œil vers la promenade déserte.

Enfin, *presque* déserte. La mère de Mandy sortait de la salle d'arcade ! Je me suis cachée derrière le mât. Elle a remonté les quais, sûrement en route pour la réunion. Je suis sortie de ma cachette, mais quelqu'un d'autre était planté devant l'entrée : Mandy !

Est-ce qu'elle m'avait vue ? La corde s'est relâchée dans ma main. Le bateau commençait à s'éloigner de la jetée. Il était encore temps d'abandonner ma mission, mais le vent a décidé à ma place : il s'est levé et a gonflé la voile. J'ai lâché la corde et j'ai tourné la clé pour allumer le moteur. Une fois, deux fois, jusqu'à ce que le ronflement familier de la machine brise le silence.

— Hé ! Emily !

J'ai tourné la tête. Mandy était plantée sur la jetée.

— Qu'est-ce que tu fais ?

— Ça ne te regarde pas !

— Tu t'en vas parce que Julie ne veut pas être ton amie ?

— Qu'est-ce que tu racontes ? ai-je crié par-dessus le bruit du moteur.

— Tu l'as laissée tomber le week-end dernier ! Heureusement que j'étais là pour la consoler.

Elle m'a regardée d'un air méchant.

— Ta mère sait que tu sors avec le bateau ?

— Bien sûr ! Je l'emmène au contrôle technique.

— Tu en es sûre ? a-t-elle dit en sortant son portable. Je peux vérifier…

— Non !

— J'ai toujours rêvé d'une opportunité comme celle-là.

— Je ne comprends pas, Mandy ! Pourquoi tu me détestes autant ?

— Parce que tu me gâches la vie ! À cause de toi, j'ai été punie, j'ai failli perdre ma meilleure amie et le prof de natation me déteste. Tu n'es qu'une FRIMEUSE !

Elle a fait demi-tour, son portable à la main.

— N'en parle pas à ma mère ! S'il te plaît !

— Salut, Emily.

Tant pis. Il était trop tard pour revenir en arrière. C'était peut-être ma seule chance de rencontrer mon père. C'était décidé : je ne laisserais pas Mandy tout gâcher. Personne ne m'arrêterait.

Je me suis concentrée sur mon objectif. J'ai traversé le port, laissant la baie de Brightport derrière moi. Les derniers rayons du soleil couchant se reflétaient dans l'eau. Les embruns éclaboussaient mes cheveux.

J'ai fermé les yeux un instant. Direction : la Grande Barrière marine. Grâce à Shona, je savais plus ou moins où elle se trouvait. J'ai fixé l'horizon et je me suis dirigée vers le point le plus clair. Celui qui, en s'approchant, scintillerait de toutes les couleurs.

La nuit est tombée. J'avais froid aux mains. J'étais trempée. Le *Roi* voguait et tanguait, rebondissant sur les vagues. Au large, la mer était plus agitée. Les étoiles sont apparues dans le ciel, accompagnées d'une demi-lune.

Est-ce que j'avançais vraiment ? J'ai jeté un œil derrière moi. Le port était déjà loin ! En fermant un œil et en levant une main, je pouvais cacher la ville derrière mon pouce.

J'approchais lentement de ma destination. Je fixais l'horizon pour ne pas la perdre de vue. J'ai pensé à Jake. Je me suis imaginée en train de le libérer de prison, de le cacher dans le bateau. On rentrerait à la maison juste avant ma mère. Leurs retrouvailles seraient mémorables, comme s'ils n'avaient jamais été séparés. Ma mère se souviendrait de tout et on vivrait heureux jusqu'à la fin de nos jours…

Hélas, tout ça n'était qu'un rêve.

— EMILY !

Une voix lointaine m'a tirée de ma rêverie. Une silhouette approchait de moi. Un bateau. Un petit hors-bord, comme ceux que les touristes louent l'été. Il y avait deux personnes à bord : une à l'avant, l'autre à l'arrière.

— Emily !

C'était ma mère !

— Demi-tour, jeune fille !

M. Beeston !

J'ai changé de direction pour essayer de les semer. Le *Roi* a dévié, mais n'a pas accéléré.

— Qu'est-ce que vous faites ici ? ai-je hurlé par-dessus le bruit du moteur et des vagues.

— Je te renvoie la question ! a répondu ma mère.

— Et votre réunion ?

— On l'a annulée. Mme Rushton m'a dit que tu étais en danger !

Je le savais. Mandy m'avait trahie.

— Fais demi-tour, ma puce. Je t'en prie !

— Je suis désolée, maman… mais je n'ai pas le choix !

Le moteur du bateau a crachoté, comme s'il était en train de lâcher.

— Ça suffit ! a hurlé M. Beeston. Je t'interdis d'aller plus loin !

J'ai essuyé mon visage avec ma manche.

— Vous n'avez pas le droit de me donner des ordres ! Vous n'êtes pas mon père !

Il m'a lancé un regard noir. J'étais prête à briser la promesse que je lui avais faite.

M. Beeston s'est concentré sur sa trajectoire. Il m'avait quasiment rattrapée. Les lumières de la Grande Barrière marine semblaient de plus en plus proches. J'y étais presque !

Dans le hors-bord, ma mère avait enfoui son visage dans ses mains. M. Beeston avait l'air furieux.

— Vous vous souvenez de mon père, pas vrai ? Votre « meilleur ami » ! Vous n'avez pas honte d'avoir menti à sa femme pendant toutes ces années ?

— Silence ! Tu fais du mal à ta mère !

— M. Beeston essaie de t'aider, Emily !

— Ce n'est pas vrai, maman. Tu ne le connais pas. Il te ment depuis des années !

Le hors-bord était à seulement quelques mètres de moi. Le moteur du *Roi* a craché une dernière fois… et il s'est arrêté.

— *Non !* Qu'est-ce qui se passe ?

— Tu es à court de diesel, a répondu ma mère. Je n'en garde pas à bord. C'est trop dangereux.

— Qui t'a raconté ça ?

— Moi ! a répondu M. Beeston. Je ne voulais pas qu'il vous arrive malheur.

Décidément, cet homme contrôlait notre vie.

Je me suis dirigée vers le mât. Je n'avais pas le choix : il était temps de déployer la grand-voile. J'ai détaché la corde et tiré de toutes mes forces pour la hisser. Rien. J'ai attrapé l'autre corde pour libérer la bôme – la traverse qui longe le bas de la voile. La corde s'est décrochée, mais elle m'a échappé. La voile s'est déployée du mauvais côté et le bateau a fait une embardée. Ma mère s'est mise à hurler :

— Arrête, Emily ! Tu vas te blesser ! On peut en discuter, ma chérie. Je sais ce qui te tracasse.

— Ah bon ? Dans ce cas, qu'est-ce que tu fais encore avec *lui* ?

— Ce que tu ressens est normal. M. Beeston m'avait prévenue. Tu n'as pas à être jalouse. Il est mon ami, rien de plus.

Les lumières de la Grande Barrière marine étaient de plus en plus proches. Les couleurs dansaient à la surface, comme des feux d'artifice sous-marins.

Ma mère a tourné la tête vers l'horizon. Elle est devenue toute blanche, hypnotisée par le spectacle. Elle s'est mise à parler à voix basse, d'une voix que je reconnaissais à peine.

— Personne ne remplacera jamais ton père.

— Mon *père* ?

Pendant un instant, tout s'est arrêté, comme si quelqu'un avait pris une photo. Ma mère et moi avons échangé un regard. On aurait dit que c'était la première fois qu'elle me voyait.

— Ça suffit ! a hurlé M. Beeston. Je monte à bord !

Il a sauté du hors-bord pour me rejoindre sur le pont. Au même moment, le *Roi* a fait une nouvelle embardée et – *BAM !* – la bôme l'a percuté.

— Aaarrrgghh !

Assommé, M. Beeston a porté une main à sa tête. Il a atterri sur le dos, immobile. Ma mère a poussé un cri. Le hors-bord balançait de gauche à droite.

— Attention, maman !

J'ai couru jusqu'à elle pour être à son niveau. Je lui ai tendu la main.

— Viens !

— Je… Je ne peux pas !

— Il le faut !

J'ai attrapé un gilet de sauvetage dans le banc derrière moi. Le bateau secouait comme un cheval de rodéo. Je me suis agrippée à la rambarde et j'ai tendu le gilet à ma mère.

— Allez, maman ! Monte !

Elle l'a enfilé, a attrapé ma main et m'a rejointe à bord.

— Oh ! Emily… Je suis tellement désolée.

— Pourquoi ?

— Tout est ma faute !

— Non, maman. C'est à cause de M. Beeston.

Elle a posé un doigt sur ma bouche.

— Je sais pourquoi on est là.

— C'est vrai ?

— Je m'en souviens.

Elle m'a serrée fort dans ses bras. Derrière elle, l'eau scintillait de mille feux. On était presque arrivées.

— Regarde, maman !

Des lumières roses scintillaient sous l'eau et des reflets multicolores rebondissaient à la surface.

— Je connais cet endroit. C'est lui qui m'y a amenée.

— M. Beeston ?

J'ai tourné la tête vers lui. Il n'avait pas bougé depuis sa chute. Ma mère s'est accrochée à la rambarde. Elle avait les joues trempées, et pas seulement par l'eau de mer.

— C'est ici qu'on a fêté notre premier anniversaire.

Elle était venue ici avec *Jake* ?

— Il savait qu'il risquait la prison. On le savait tous les deux, mais c'était plus fort que nous. On s'aimait trop.

Elle a baissé la tête. J'ai enroulé mes bras autour de sa taille.

— Je vais le retrouver, maman. C'est pour ça que je suis partie.

— Comment ai-je pu l'oublier ?

— C'est la faute de M. Beeston.

— Oh, Emily ! Arrête de raconter des bêtises !

— Ce ne sont pas des bêtises ! Je te jure que c'est vrai.

Elle m'a regardée droit dans les yeux, puis elle a tourné la tête vers lui.

— Allons voir comment il va.

On s'est accroupies à côté de M. Beeston. Elle a posé une oreille sur son cœur et m'a regardée, le teint plus pâle que les millions d'étoiles qui brillaient au-dessus de nous.

— Je pense qu'il est mort.

Chapitre 12

— Son cœur s'est arrêté de battre.

Je ne savais pas quoi dire.

La porte s'est ouverte. Millie est apparue sur le pont.

— Qu'est-ce qui se passe ici ? Je vous sens… désorientées.

— M. Beeston a eu un accident, a répondu ma mère. Je n'entends pas son cœur.

Millie s'est mise à genoux à côté de M. Beeston. Elle a ouvert son manteau et soulevé son pull. Il portait une veste rembourrée en dessous. Le trident de Neptune était brodé sur une poche.

— Un gilet pare-balles ? a murmuré Millie. Quelle idée ! Voilà pourquoi tu n'entendais pas son pouls, Marie.

Le bateau s'est mis à vaciller. J'ai glissé sur le plancher et je me suis cognée contre le bord.

— Retourne à la barre ! a ordonné Millie.

Je lui ai obéi, mais le *Roi* continuait à tanguer dans tous les sens.

Elle a dégrafé le gilet de M. Beeston et posé une oreille sur son torse. Ma mère s'est levée et m'a prise par la main en attendant le verdict.

— C'est bien ce que je pensais, a dit Millie. Il est vivant.

Ma mère a poussé un soupir de soulagement.

— Ses chakras ont besoin d'être réalignés. Une séance de réflexologie devrait régler le problème.

Millie a enlevé les chaussures et les chaussettes de M. Beeston. Elle a posé les mains sur sa poitrine et elle a fermé les yeux. Ensuite, elle s'est mise à lui masser le pied droit. Il a remué les orteils, puis la jambe, puis le corps tout entier. Il s'est réveillé en sursaut.

— Arrêtez ! a-t-il hurlé.

— Vous voyez ? a dit Millie. Ça marche à tous les coups !

Elle s'est levée, a essuyé ses mains sur sa jupe et s'est dirigée vers la porte.

— Je vais m'allonger deux minutes. La réflexologie me vide toujours de mon chi.

Ma mère s'est approchée de M. Beeston.

— Est-ce que ça va ?

Il a remis son pull en me regardant du coin de l'œil.

— Plus de peur que de mal, a-t-il bougonné.

— Dommage, ai-je murmuré.

— Ça suffit, Emily ! Ce pauvre homme ne t'a rien fait !

— Il efface ta mémoire depuis ma naissance ! Il contrôle notre vie, maman !

Elle a éclaté de rire.

— Vraiment, Emily… Où vas-tu chercher tout ça ?

M. Beeston a poussé un long soupir.

— C'est la vérité.

Ma mère a écarquillé les yeux. M. Beeston s'est assis sur le banc en face de moi, tête baissée. Il avait les cheveux emmêlés, incrustés de sang, de sueur et d'eau de mer. Ma mère a tourné la tête vers moi, puis vers lui.

— Qu'est-ce que vous racontez ?

— C'était pour votre bien. Tu n'es pas la seule à avoir grandi sans père, Emily. Le mien a disparu le jour de ma naissance. Il s'est laissé séduire par une sirène.

Une larme a dévalé sa joue et s'est écrasée sur le plancher.

— Quand il a découvert que son propre fils était un triton, il n'a pas voulu de moi.

Ma mère a froncé les sourcils, confuse. Au-dessus de nous, la voile claquait à tout rompre.

— Le monde des humains et celui des sirènes ne devraient jamais se rencontrer. J'ai essayé de vous protéger, de vous éviter cette souffrance.

Une vague s'est écrasée contre nous, secouant le bateau.

— Je t'avais prévenue, maman. Je t'avais dit qu'il n'était pas ton ami.

— Ce n'est pas une question d'amitié, mais d'honneur ! Je respecte Neptune et je me bats pour la protection de notre race !

Ma mère était sous le choc. Elle était blanche comme la voile et raide comme le mât.

— Tout s'explique, a-t-elle murmuré. Je me suis longtemps demandé pourquoi l'ancien gardien de phare était parti. Bernard a disparu du jour au lendemain. Vous l'avez remplacé, et vous ne m'avez jamais invitée chez vous. Quand j'étais jeune, Bernard nous laissait explorer le phare, regarder l'horizon avec des jumelles. Vous ne m'avez jamais ouvert la porte. Pas une seule fois, en douze ans ! Quand je pense que j'avais pitié de vous…

La mer était de plus en plus agitée. Ma mère a posé une main sur mon bras. Ses cheveux lui collaient au visage.

— Ton père t'a vue une fois, Emily. Sur les Rochers arc-en-ciel. Il t'a serrée dans ses bras. Je ne voulais pas qu'il t'emmène dans l'eau.

Je me suis mordu la lèvre. Elle avait un goût de sel. Ma mère s'est tournée vers M. Beeston, les larmes aux yeux.

— J'ai perdu douze ans. Par votre faute. Vous n'êtes qu'un voleur !

— C'était pour votre bien ! Je me suis occupé de vous, pendant toutes ces années…

— C'était mon *mari* ! Vous n'aviez pas le droit !

— J'ai fait mon devoir ! Je m'appelle Charles Nagedroit Beeston, conseiller de Neptune, et je suis fier de le servir.

— Vous m'avez menti ! Vous avez fait semblant d'être mon ami !

— Je n'ai pas fait semblant ! J'étais votre ami, et je le suis encore. Cette histoire est contre nature, Marie. Je n'avais pas le choix.

— Vous êtes un monstre !

Ma mère s'est jetée sur lui. M. Beeston l'a évitée. Elle a trébuché et s'est rattrapée à une corde accrochée au mât. La corde a arraché la voile. Impuissants, on a regardé la bôme s'éloigner de nous et la voile claquer, inutile, au-dessus de l'eau.

J'ai essayé de maintenir le cap. Les vagues étaient de plus en plus fortes, le bateau de plus en plus instable.

— Il faut faire quelque chose !

— Je m'en occupe, a dit M. Beeston.

Il s'est dirigé vers la porte. Furieuse, ma mère l'a suivi du regard.

— Oublie-le, maman. Tout ce qui compte, c'est qu'on rentre à la maison. On ira voir Jake un autre jour.

— Oh ! Emily... Tu penses vraiment qu'on le reverra ?

— Bien sûr ! Je sais où le trouver.

Ma mère a repris le contrôle de la situation. Elle a soulevé le banc et fouillé parmi les gilets, les tuyaux et les pompes. Elle m'a tendu un gilet de sauvetage deux fois trop petit pour moi. Je n'ai pas pu m'empêcher de sourire.

— Je n'en ai pas besoin, maman.

— Comment ça ?

Elle a regardé mes jambes, bouche bée.

— Tu veux dire que… que tu es…

— Tu ne t'en doutais pas ?

Elle a secoué la tête, l'air triste. Une vague s'est écrasée sur nous, nous trempant de la tête aux pieds.

— J'ai peur, maman ! On est trop loin de la côte. On n'y arrivera jamais !

Le bateau a penché d'un côté. Je suis tombée et j'ai glissé sur le pont mouillé. En m'agrippant à la rambarde, j'ai aperçu une silhouette à l'horizon. Un aileron ! Le bateau allait couler et on finirait dévorés par les requins !

Je n'étais pas croyante mais, pour une fois, j'ai fermé les yeux et j'ai prié.

Chapitre 13

J'ai bougé les lèvres en essayant de me souvenir d'une prière. Pourquoi n'étais-je pas plus attentive aux assemblées ?

Ma mère m'a interrompue en tirant sur ma manche.

— Emily !

— Je suis occupée.

— Regarde !

J'ai ouvert les yeux et j'ai tendu l'oreille. Quelqu'un criait mon nom, et une tête que je connaissais bien est apparue au-dessus des vagues. Shona ! C'était sa queue que j'avais vue, pas un aileron !

— Qu'est-ce que tu fais ici ?

— On est lundi ! Je t'ai attendue sur les rochers.

— Oh ! Je suis désolée !

— J'ai eu un pressentiment. Je me doutais que tu tenterais quelque chose.

— J'ai tout gâché ! On n'y arrivera jamais.

— Donne-moi une corde. Je vais vous tirer.

— Le bateau est trop lourd !

— Pas dans l'eau, a-t-elle dit. J'ai l'habitude de tracter des choses en cours de sport.

— Tu en es sûre ?

Elle a hoché la tête. J'ai attaché une corde au mât et je lui ai lancé l'autre extrémité. Shona l'a attrapée au vol.

Ma mère me fixait en silence.

— Qu'est-ce qu'il y a ?

— C'est une amie à toi ?

— Oui.

Elle a poussé un soupir.

— Tu as beaucoup de choses à me raconter, Emily.

— Tu penses que je suis un monstre, c'est ça ?

— Au contraire ! Je suis fière de toi, ma puce.

Elle m'a prise dans ses bras. Je me suis blottie contre elle. J'avais froid, j'étais trempée et terrifiée. Shona s'est mise à nous tirer, nous rapprochant peu à peu de la prison… et de Jake.

— Où est passé M. Beeston ?

— Il a dû se cacher, a répondu ma mère.

— Allons voir ce qu'il manigance.

On a remonté le pont glissant. J'ai ouvert la porte. M. Beeston était planté devant le hublot du salon, dos à nous, avec un grand coquillage à la main.

— Qu'est-ce qu'il fabrique ? a murmuré ma mère.

Il a approché le coquillage de sa bouche.

— On dirait qu'il lui parle.

— Reste là, Emily. Je reviens.

J'ai attendu ma mère en silence. Une minute plus tard, elle est revenue avec un grand filet de pêche. Elle est entrée sur la pointe des pieds, et m'a fait signe de la suivre. M. Beeston continuait à murmurer dans son coquillage.

Ma mère m'a tendu l'extrémité du filet.

— Un… Deux…

À trois, on l'a jeté sur M. Beeston. Surpris, il a lâché le coquillage et est tombé sur la chaise derrière lui.

— Vite, Emily ! Enroule le filet autour de lui !

Il s'est débattu, mais on était plus fortes. J'ai tourné autour de M. Beeston. Ma mère a soulevé ses pieds. J'ai passé le filet sous ses jambes. Elle a noué les deux extrémités et on a reculé d'un pas pour admirer notre travail. Il était incapable de bouger, emprisonné sur sa chaise.

— Je n'ai pas dit mon dernier mot ! a-t-il grogné.

Millie, qui dormait sur le canapé, s'est réveillée en sursaut. Elle s'est plantée au milieu de la pièce.

— Arrêtez de gigoter, a-t-elle dit. Je suis déjà tombée d'une chaise. Mon dos ne s'en est jamais remis. J'ai dû aller chez le chiropracteur pendant six mois. Ça m'a coûté une fortune.

Elle a marché calmement jusqu'à la cuisine et elle s'est tournée vers nous.

— Qui veut un thé ?

La mer s'est calmée. On a bu notre thé sur le pont. Autour de nous, l'eau scintillait de toutes les couleurs. Rose, bleu, vert, des milliers de teintes qui rebondissaient à la surface comme des feux d'artifice ! On aurait dit un langage extraterrestre.

Millie les a regardées un long moment.

— Je ne sais pas ce qu'il y a dans ce thé, mais il faut que je m'en achète.

Ma mère a fermé son manteau, les yeux rivés sur les lumières.

— Je me souviens de tout, a-t-elle murmuré.

— Même de Jake ?

— Bien sûr. C'était plus fort que nous, Emily. Je l'ai rencontré le jour de la régate. Dès le début, il m'a prévenue du danger.

— Quelle régate ?

— À l'époque, une course de bateaux avait lieu tous les ans. Je suis montée avec Mme Brighouse, l'ancienne propriétaire de l'hôtel Vue sur mer. Elle avait un petit voilier. On a percuté des rochers. Ton père nous a sauvées. Mme Brighouse a déménagé peu de temps après, mais j'ai voulu revoir Jake. C'était plus fort que moi. Tous les soirs, je l'attendais sur la côte, en face des Rochers arc-en-ciel… là où tu m'as emmenée l'autre jour.

— C'est vrai ?

Elle m'a souri. Un sourire triste.

— Je voulais le remercier de m'avoir sauvé la vie. Je m'en souviens comme si c'était hier.

— Est-ce qu'il est venu ?

— Tous les soirs, mais je ne le savais pas. Il se cachait. Il avait peur de me parler.

— Pourquoi ?

— Parce que, le jour où il nous a aidées, il n'est pas sorti de l'eau ! a-t-elle dit en riant. Je pensais que c'était un excellent nageur, pas un triton. Il craignait que je sois choquée ou, pire, dégoûtée.

— Comment as-tu réagi ?

Ma mère a posé une main sous mon menton.

— Quand j'ai compris qui il était vraiment, je suis tombée amoureuse de lui.

— Et ensuite ? Qu'est-ce qui s'est passé ?

— Je suis partie de chez mes parents.

— Ils habitaient ici ?

— Oui, et c'est pour ça qu'on s'est disputés. Tout me revient, maintenant. Ils ne m'ont pas crue. Ils m'ont prise pour une folle. Ils m'ont forcée à aller voir un psy.

— Tu as refusé ?

— Bien sûr ! Ils ont vendu la maison et ils ont déménagé loin d'ici. Ils m'ont laissé le choix. Soit je les suivais, soit je restais. J'ai décidé de rester. Ce bateau appartenait à ton grand-père.

— Il te l'a donné ?

Elle a hoché la tête.

— Je pense qu'il croyait à mon histoire.

— Et Jake ?

— Je le rejoignais souvent en bateau, en mer ou sur les rochers.

— C'est comme ça qu'il a été arrêté ?

Elle s'est frotté les yeux du revers de la main.

— Je pensais qu'on était à l'abri, qu'on nous laisserait tranquilles… surtout après ta naissance.

— Pourquoi ils ne t'ont pas forcée à déménager ?

— Je pense qu'ils voulaient garder un œil sur nous.

— Sur moi, tu veux dire ?

— Je suis désolée, Emily. Tu ne l'as vu qu'une seule fois. Tu étais tellement petite !

— Je vais le revoir, maman. Je vais retrouver Jake. Je te le promets.

Elle m'a souri, les larmes aux yeux. Shona a lâché la corde et nagé jusqu'à nous.

— On est arrivées ! Tu viens ?

Je me suis tournée vers ma mère.

— Je peux y aller ?

— Bien sûr.

Elle m'a serrée une dernière fois dans ses bras. J'ai disparu dans ma chambre, j'ai enfilé mon maillot et j'ai couru sur le pont.

— À tout de suite !

Émue, ma mère a pris Millie par la main. Je suis montée sur la rambarde et j'ai plongé dans l'eau froide. Mes jambes se sont transformées.

— Regarde, maman !

J'ai mis la tête sous l'eau et j'ai donné un coup de queue à la surface. Quand je suis remontée, elle était en train d'applaudir, les joues couvertes de larmes.

— Tu es superbe !

Millie est restée bouche bée. Elle a regardé sa tasse de thé en secouant la tête.

— Prête ? a demandé Shona.

— Plus que jamais.

La Grande Barrière marine est le récif le plus haut, le plus large et le plus long du monde. Des kilomètres de corail multicolore s'étendent à perte de vue au milieu de l'océan.

Plus on approchait, plus la lumière m'éblouissait. On aurait dit une boule à facettes géante, comme celle du bal de fin d'année. Le problème, c'est qu'il fallait réussir à la franchir. C'était le seul moyen d'entrer dans la prison.

De gros rochers étaient empilés jusqu'à la surface. Des algues violettes, jaunes et vertes poussaient dans les crevasses. Sur le sable, deux crevettes tachetées faisaient la course avec une étoile de mer. Autour de nous, poissons et plantes évoluaient en silence… mais on était bloquées. Bloquées par une forteresse de végétation et de rochers impossible à escalader. Trop haut, trop dangereux. À la surface, les pierres étaient tranchantes comme du verre.

— On n'y arrivera jamais, Shona.

Je me suis retenue d'éclater en sanglots. Mon amie avait les yeux qui pétillaient. Des bulles multicolores s'échappaient de sa bouche.

— On va trouver une solution. Suis-moi.

Elle m'a prise par la main et on a nagé le long du récif. On a repéré plusieurs passages au milieu des rochers, mais tous étaient bouchés. J'allais baisser les bras quand Shona s'est mise à taper sur un corail, comme pour vérifier son épaisseur. Un banc de poissons a jailli d'une brèche, tel un kaléidoscope de couleurs.

— J'ai trouvé quelque chose, Emily.

Elle a gratté le corail qui recouvrait la paroi. Il s'effritait sous ses doigts.

— Regarde !

— Je ne vois rien.

— Approche !

Je n'en croyais pas mes yeux. Un trou était en train de se former ! Elle y a enfoncé le poing. Les grains de corail sec flottaient et dansaient autour de nous, comme un nuage de poussière.

— Ce récif existe depuis des millions d'années. Des gardes l'inspectent et le réparent régulièrement, mais ils doivent oublier certains endroits.

J'ai passé une main dans le trou qu'elle avait formé. C'était comme du sable, plus mou que le reste du mur.

On a creusé en silence, entourées d'un nuage de poussière, jusqu'à ce qu'on y entre nos épaules.

— Et maintenant ?

— Il faut creuser un tunnel.

À l'intérieur, le corail ne brillait pas. On était plongées dans le noir. Je commençais à avoir mal aux bras, et j'avais la peau qui grattait. Tout à coup, une lumière s'est infiltrée dans le conduit.

— On y est presque !

Pleine d'espoir, j'ai donné un coup de poing dans la paroi. Le passage était de plus en plus large, de plus en plus rond. Assez grand pour y entrer en entier.

— Vas-y en premier, a dit Shona. Tu es plus fine que moi.

Je me suis faufilée dans l'ouverture. En forçant un peu, j'ai réussi à traverser. De l'autre côté, j'ai essayé d'agrandir la sortie pour Shona, mais la paroi était trop dure. Je me suis écorchée les doigts sur un rocher tranchant.

— Je n'y arrive pas !

— Moi non plus.

Sa voix a résonné dans le tunnel.

— Essaie quand même.

Shona a passé la tête dans le trou.

— Mes épaules sont trop larges !

— Et si je te tirais ?

— C'est trop risqué ! Je vais rester coincée.

— Je ne veux pas y aller sans toi…

— Tu vas y arriver. Je t'attends ici.

— Promis ?

— Promis.

J'ai pris une grande inspiration.

— Bonne chance, Emily.

— Merci. Tu es la meilleure amie du monde.

— Toi aussi.

J'ai tourné le dos au récif.

— Je vais retrouver mon père, ai-je murmuré.

J'espérais que c'était vrai.

Chapitre 14

Je suis allée tout droit en jetant des coups d'œil furtifs autour de moi. Une raie manta ondulait sur le sable. Des poissons dodus nageaient tranquillement, la bouche grande ouverte. Tout à coup, de minuscules poissons se sont rassemblés, formant une gigantesque boule tournante. Derrière eux, une ombre grise s'est déplacée en silence.

Un requin.

J'ai retenu mon souffle et je l'ai laissé passer.

Plus j'approchais de la prison, plus il faisait noir. J'ai slalomé entre rochers et algues, jusqu'à atteindre l'entrée principale. On aurait dit une gueule de baleine, avec des dents blanches et tranchantes qui barraient le passage. Deux créatures montaient la garde. Des requins-marteaux, aux yeux ronds comme des billes.

Il fallait que je trouve une autre entrée. J'ai repensé à la note dans le dossier de mon père : « Aile Est ». Si seulement il y avait eu un plan avec marqué « Vous êtes ici », comme dans les centres commerciaux !

J'ai réfléchi un instant. Je m'étais dirigée vers l'ouest avec le bateau, en direction du soleil couchant, puis on avait tourné à droite en direction du récif. Si mes calculs étaient bons, le nord était face à moi.

J'ai tourné à droite. Un tunnel était creusé dans un rocher attaché à l'entrée principale. S'agissait-il de l'Aile Est ? Je l'ai longé, nageant de corail en corail à la recherche d'une brèche. Cet endroit était impénétrable ! J'étais venue pour rien !

Tandis que j'évoluais contre la paroi, j'ai entendu comme un bruissement derrière moi. Les requins ! Sans réfléchir, je me suis cachée sous le rocher, et je me suis enroulée dans une algue. Les requins sont passés près de moi sans me voir.

En sortant de ma cachette, j'ai remarqué un détail qui m'avait échappé. Un trou ovale, une sorte de hublot avec trois barreaux qui bloquaient le passage. On aurait dit des os de baleine.

J'ai tiré dessus. Solides comme la pierre. J'ai essayé de me faufiler entre eux. Ma tête passait, mais pas mes épaules.

J'ai réfléchi un instant, les mains posées sur les barreaux. Et si je tentais de profil ? J'avais peur de me retrouver bloquée, la tête d'un côté et le corps de l'autre… mais je n'avais pas le choix. Je me suis glissée entre les barreaux en me râpant le menton.

J'avais réussi ! J'étais de l'autre côté !

J'ai repensé à mon premier cours de natation. Ce jour-là, j'avais eu honte de ma maigreur. Finalement, elle m'avait servi à quelque chose !

Je me suis frotté les yeux, le temps de m'habituer à la pénombre. J'avais atterri dans une petite pièce ronde remplie de balais avec des algues à la place des poils. J'ai nagé jusqu'à la porte et j'ai tourné la poignée.

La pièce donnait sur un long couloir. Il y avait une plaque en métal accrochée à la porte : « Aile Nord : N 874 ». Aile Nord ? Je m'étais trompée dans mes calculs !

J'ai remonté le couloir. N 867, N 865… Les portes étaient rondes et métalliques, comme dans un sous-marin, avec des poignées en cuivre et des hublots munis de barreaux. Je me suis approchée de la suivante et j'ai jeté un œil dans la cellule. Un gros triton au ventre poilu a nagé jusqu'à moi.

— Besoin d'aide ? a-t-il demandé, l'air amusé.

Il avait un bateau tatoué sur le bras et les cheveux attachés en queue-de-cheval.

— Non, merci !

Je me suis éloignée de la porte et j'ai continué mon chemin. Non seulement je n'étais pas au bon endroit, mais j'étais entourée de criminels ! J'aurais dû m'y attendre. J'étais dans une prison.

J'ai entendu un bruit derrière moi. Les requins-marteaux ! J'ai foncé jusqu'au bout du couloir, j'ai tourné à gauche et je me suis retrouvée dans un autre tunnel. Ici, les inscriptions commençaient par « E ». J'avais trouvé l'Aile Est !

J'ai nagé jusqu'à la première porte. E 924. J'ai essayé de me souvenir du numéro dans le dossier de M. Beeston. Impossible. J'aurais dû le noter quelque part ! J'ai continué. E 926. E 928… Les deux requins sont apparus au bout du couloir. Dans un élan de désespoir, je me suis jetée sur la première porte venue et j'ai tourné la poignée.

Elle n'était pas fermée ! Je suis entrée et j'ai claqué la porte derrière moi, priant pour que le prisonnier dans cette cellule soit plus sympathique que les requins.

— Tu as eu de la chance, a dit une voix.

J'ai tourné la tête. Un triton était assis sur un lit d'algues, penché derrière une petite table. Sa queue violette scintillait dans la pénombre. Il a glissé le bout d'un fil dans sa bouche et il a formé un nœud à l'extrémité.

— Qu'est-ce que vous faites ?

— Je m'occupe.

Le fil était doré, enfilé de perles multicolores.

— Vous fabriquez un collier ?

— Un bracelet. Ça te pose un problème ?

J'ai reculé contre le mur. Leçon numéro 1 : Ne jamais se moquer des criminels après s'être incrustée dans leur cellule !

Il n'avait pourtant pas l'air méchant. Il avait les cheveux courts et noirs. Il portait un haut blanc avec une veste bleue par-dessus. Il a passé une main dans ses cheveux. Ce geste m'a paru familier, sans comprendre pourquoi.

J'ai passé une main dans les miens pour réfléchir.

J'ai écarquillé les yeux. Il a froncé les sourcils. Une fossette est apparue au creux de sa joue gauche.

Impossible !

Il a posé le bracelet sur la table et s'est dirigé vers moi. J'ai plaqué le dos contre le mur.

— Ne me faites pas de mal !

Il s'est contenté de me fixer. Droit dans les yeux.

— Comment m'as-tu retrouvé ?

Sa voix avait changé, comme s'il avait mal à la gorge. Il avait de grands yeux marron. Comme les miens.

— Papa ?

— Bon sang, je savais que ça arriverait un jour ! Je suis devenu fou. Ce n'est qu'un rêve.

— Non, c'est la réalité !

Il a tendu un bras devant lui.

— Pince-moi.

— Quoi ?

— Pince-moi !

J'ai obéi. Il a bondi en arrière.

— Aïe ! Je t'ai demandé de me pincer, pas de m'arracher la peau !

Il s'est frotté le bras sans me lâcher du regard.

— C'est vraiment toi ?

J'ai hoché la tête.

— Tu es encore plus belle que dans mes rêves.

J'ai ouvert la bouche, mais je ne trouvais plus mes mots.

— J'aurais préféré que tu ne me voies pas ici. Ce n'est pas un endroit pour une jeune fille.

Il m'a tourné le dos et s'est dépêché de ranger ses bijoux et de ramasser les magazines et les habits qui traînaient par terre. Il les a glissés dans une fissure du mur. Puis il s'est approché de moi. Il a posé une main sur ma joue et tracé ma fossette avec son pouce. Mes larmes se sont mêlées à l'eau de mer.

— Emily.

C'était lui ! C'était mon père ! Il m'a serrée fort dans ses bras. Je me suis blottie contre lui.

— Tu es une sirène !

— Seulement la moitié du temps.

Il s'est écarté de moi et a étudié mon visage.

— Où est ta mère ? Est-ce qu'elle va bien ? Elle a rencontré quelqu'un d'autre ?

— Bien sûr que non !

Il a poussé un soupir de soulagement.

— Elle ne m'a pas oublié ?

— Non. Enfin… pas *vraiment*. Elle t'aime encore.

— Comment ça ?

— Je vais tout te raconter.

Je lui ai parlé de la drogue, de M. Beeston, de la fois où j'ai emmené ma mère aux Rochers arc-en-ciel et de notre voyage jusqu'ici.

— Elle est là ? Si près de moi ?

J'ai hoché la tête. Il s'est recoiffé et il s'est mis à tourner dans tous les sens.

— Calme-toi, papa !

Papa ! J'allais mettre du temps à m'y habituer !

— Maman m'attend à la surface, ai-je expliqué. Elle ne peut pas te rendre visite. Elle ne sait pas nager.

Il a éclaté de rire.

— Tu plaisantes ? Ta mère est la meilleure nageuse du monde !

Ma mère ? La meilleure nageuse du *monde* ?

— Elle a dû oublier à cause de cette drogue. On nageait tout le temps ensemble. Elle a même pris des cours de plongée pour me rejoindre sous l'eau. Un jour, on a visité une vieille épave. C'est là que je l'ai demandée en mariage.

Il a nagé jusqu'à son lit. Une feuille plastifiée était accrochée au-dessus, fixée au mur avec un hameçon.

— Qu'est-ce que c'est ?

— C'est mon histoire.

— *Le Triton abandonné* ?

C'était un poème. Je l'ai lu jusqu'à tomber sur un passage que je connaissais bien. *Un plafond d'ambre, des dalles de nacre.*

— Mais… Mais…

— Je sais, ce n'est qu'un poème à l'eau de rose.

— Non ! Je connais ces vers !

— Tu es allée voir l'épave ?

— Oui ! Avec ma meilleure amie !

— Et ta mère ?

— Elle n'est pas au courant, mais elle connaît ce poème.

Je l'ai arraché du mur et je l'ai lu jusqu'à la fin.

— *Elle a abandonné pour l'éternité les souverains de la mer.*

— C'est la fin de l'histoire, a-t-il soupiré.

— Non !

— Si ! Regarde, c'est le dernier vers.

— Mais ce n'est pas la fin de *votre* histoire ! Maman n'a jamais quitté le souverain de la mer !

— Je ne comprends pas…

— Le *Roi des mers*. C'est le nom de notre bateau !

Mon père avait les larmes aux yeux.

— Tu as raison. Je me rappelle le jour où on l'a baptisé.

— Elle n'est jamais partie. Maintenant, je sais pourquoi. C'est parce qu'elle ne voulait pas te quitter, *toi* ! Elle ne t'a jamais abandonné !

Jake a éclaté de rire. Il m'a serrée dans ses bras. Son menton m'a piqué le front.

— Il faut que tu t'en ailles, trésor.

— Mais… je viens juste de te retrouver !

— Le repas va bientôt être servi. Je ne sais pas comment tu as fait pour entrer ici, mais c'est très risqué. Si quelqu'un te voit…

J'ai croisé les bras sur ma poitrine.

— Tu ne veux pas de moi, c'est ça ?

— Bien sûr que si ! Mais je te veux vivante, libre et heureuse. Pas en prison pour le reste de ta vie.

— Je ne te reverrai jamais ?

— On va trouver une solution, trésor.

Décidément, j'adorais ce nouveau surnom.

Mon père a ouvert la porte et jeté un œil dans le couloir.

— La voie est libre.

— Tu as le droit d'ouvrir la porte ? Tu n'es pas censé rester dans ta cellule ?

Il a montré du doigt une plaque en métal agrafée au bout de sa queue.

— C'est ce qui nous tient en place. Si je sors dans le couloir, elle me donne une décharge.

— Tu as déjà essayé ?

— Oui, et je ne le souhaite à personne.

— Dans ce cas, à quoi servent les portes ?

Il a haussé les épaules.

— Sécurité renforcée. Ils les ferment à clé la nuit.

Je n'avais pas envie de partir. J'ai repensé à M. Beeston, qui m'avait dit que mon père ne voulait pas de moi quand je suis née. Et si c'était la vérité ?

J'ai attendu sur le pas de la porte.

— Qu'est-ce qui t'arrive, Emily ?

— Est-ce que tu voulais vraiment un enfant ?

Il m'a regardée comme si j'étais folle.

— Bien sûr que oui !

Il a nagé jusqu'à son lit et attrapé un tas de documents cachés sous les algues.

— Regarde.

Il m'a tendu une feuille. Je l'ai lue à voix haute.

— *Je ne croyais pas qu'un jour, on m'enlèverait mon enfant. Je pense à elle tous les jours, elle me manque tellement.*

— C'est un des premiers poèmes que j'ai écrits. J'ai fait des progrès depuis.

— Tu écris des poèmes ?

— Oui, je sais. Des bijoux, des poèmes… Pas ce qu'il y a de plus viril !

Je n'ai pas eu le temps de répondre. Une sonnerie a retenti. On aurait dit l'alarme d'incendie du collège. Je me suis bouché les oreilles.

— C'est l'heure du repas. Vite ! Il faut que tu sortes d'ici !

— Je peux garder le poème ?

— Bien sûr ! On se reverra, trésor. Je te le promets.

Il a attrapé un bracelet sur le bureau.

— Donne-le à ta mère. Dis-lui… Dis-lui que je n'ai jamais cessé de l'aimer, et que je l'aimerai toute ma vie. D'accord ?

J'ai hoché la tête. Il m'a serrée dans ses bras une dernière fois, et il a décroché l'autre poème du mur.

— Donne-lui ce poème. Qu'elle le garde jusqu'à ce qu'on soit à nouveau réunis. Demande-lui de ne jamais m'abandonner.

— On ne t'abandonnera jamais. Promis.

— Fais attention à toi.

Il avait les larmes aux yeux et la voix qui tremblait. Je suis sortie dans le couloir et je lui ai souri une dernière fois.

— À bientôt, papa.

Il a fermé la porte derrière moi. Je me suis retrouvée seule dans le couloir. Ici, la sonnerie était encore plus forte que dans la cellule. Je suis revenue sur mes pas, j'ai traversé le cellier avec les balais, je suis sortie par le hublot, j'ai traversé les eaux noires et j'ai rejoint Shona de l'autre côté du récif.

Je me suis jetée dans ses bras. On a éclaté de rire.

— Ouf ! Je commençais à me faire du souci.

— J'ai réussi, Shona ! J'ai retrouvé mon père !

— Super !

— Il faut que je te raconte. Suis-moi !

Il me tardait de retrouver ma mère et de lui donner ses cadeaux.

Sur le pont, ma mère faisait tourner le bracelet autour de son poignet, fascinée par les perles aux couleurs changeantes.

— Rappelle-moi ce qu'il t'a dit.

— Maman ! Je te l'ai déjà répété trois fois.

— Une dernière fois, ma puce. S'il te plaît.

J'ai poussé un soupir.

— Il dit qu'il t'a toujours aimée et qu'il t'aimera toute sa vie. Et il a écrit des centaines de poèmes.

— Qui parlent de moi ?

— De nous deux.

Je n'avais jamais vu ma mère aussi heureuse. Elle ressemblait aux femmes dans ses comédies romantiques préférées.

— Il m'a toujours aimée, a-t-elle murmuré. Et il m'aimera toute sa vie…

PLOUF ! Un mouvement à la surface nous a ramenées à la réalité. C'était M. Beeston ! Il venait de sauter à l'eau.

— C'est comme ça que vous me remerciez ? a-t-il hurlé. Après tout ce que j'ai fait pour vous ? Cette histoire est loin d'être terminée ! Je suis désolée, Marie.

Il est parti à la nage, en direction de la Grande Barrière marine. Millie nous a rejointes dehors.

— C'est ma faute.

— Comment ça ?

— Il m'a dit qu'il avait mal aux poignets. J'ai desserré le filet.

Ma mère a poussé un soupir.

— Ce n'est pas grave, Millie. On ne peut rien y faire.

On a regardé M. Beeston disparaître à l'horizon. Shona s'est approchée du bateau.

— Qu'est-ce qui se passe ?

— M. Beeston s'est échappé.

— Oh ! Il faut qu'on le suive !

— Hors de question ! a dit ma mère. C'est trop dangereux.

— Comment on va rentrer à la maison ? Le moteur est en panne et la voile est cassée. Shona ne peut pas nous tirer jusqu'au port. C'est beaucoup trop loin.

— Et si on appelait les gardes-côtes ?

— La radio est cassée depuis des années, maman. Tu n'arrêtes pas de dire qu'il faut la réparer, mais tu…

— J'oublie de le faire, a-t-elle soupiré. Je sais.

— Et si on méditait ? a proposé Millie.

On lui a lancé un regard noir. Finalement, la décision a été prise à notre place. Une voix puissante a surgi de l'océan :

— Ne bougez plus ! Vous êtes encerclées !

Quatre tritons en uniforme sont apparus à la surface.

— Vous ne nous faites pas peur ! ai-je crié.

— Emily !

Ma mère m'a attrapée par le bras.

— Toute résistance est futile. Ne sous-estimez pas le pouvoir de Neptune !

Chaque garde avait une pieuvre sur le dos. Tout à coup, ils se sont propulsés hors de l'eau. Les pattes des pieuvres tournaient comme des hélices. Les tritons se sont jetés sur nous et nous ont attirées dans l'eau.

— Je ne sais pas nager ! a hurlé ma mère.

Ils nous ont lâchées dans un tube, une sorte de toboggan géant. Mes jambes ont commencé à se transformer. On a atterri dans une bulle blanche et molle. L'entrée par laquelle on est arrivées s'est fermée derrière nous. Il y avait deux masques à oxygène accrochés au plafond, comme ceux qu'on trouve dans les avions.

J'ai aidé ma mère et Millie à les enfiler, puis on est restées assises en silence. La bulle s'est mise à se déplacer. Millie s'est calmée en tripotant son collier. Ma mère m'a prise par la main. J'ai glissé un bras sur ses épaules.

— Tout va bien se passer, maman. Je te le promets.

Chapitre 15

La bonne nouvelle, c'est qu'ils ne nous ont pas gardées longtemps dans notre cage. La mauvaise, c'est qu'ils nous ont séparées pour nous enfermer dans des cellules encore plus petites.

Il y avait un lit dans un coin. Je me suis assise dessus et j'ai compté les coquillages accrochés au mur. Puis j'ai compté les algues qui pendaient au plafond. Après, il n'y avait plus rien à compter, à part mes idées noires.

Un garde est entré, un bol à la main. J'avais des centaines de questions à lui poser, mais il est parti trop vite. La porte s'est refermée derrière lui.

— Ce n'est pas juste ! Je n'ai rien fait de mal !

J'ai examiné mon repas. On aurait dit du vomi d'escargot. Un liquide vert et gluant recouvrait une sorte de sciure jaune et friable. Beurk ! J'ai posé le bol par terre. Tout était la faute de M. Beeston !

J'ai fini par m'endormir. Quelqu'un m'a réveillée en me secouant l'épaule.

— Maman ?

Ce n'était pas ma mère, mais un autre garde. Il a enfilé une menotte à mon poignet, et l'autre au sien.

— Vous m'emmenez où ?

Il n'a pas répondu. Il s'est contenté de me traîner dans le couloir.

On est arrivés devant une grande entrée en forme de mâchoire, un peu comme celle de la prison. Le garde a tapé sur une dent. La porte s'est ouverte. Il m'a poussée en avant et un second garde a nagé jusqu'à nous. On m'a attachée à son poignet et il m'a guidée parmi un dédale de tunnels.

Il m'a enfermée dans une autre cellule.

Génial.

Cette fois, j'ai à peine eu le temps de compter les coquillages. On est venu me chercher et on a remonté un couloir qui donnait sur l'océan. Pendant un instant, j'ai cru que le garde me libérait… mais j'étais encore attachée à son poignet. On a avancé côte à côte, traversant des eaux de plus en plus claires et chaudes.

J'ai aperçu quelque chose à l'horizon. Des couleurs, de la lumière. Elles ne dansaient pas comme celles de la Grande Barrière marine, mais elles scintillaient au milieu de la pénombre. En approchant, j'ai deviné une silhouette. Une sorte de maison. Une maison gigantesque ! Des colonnes en marbre encadraient une grande arche incrustée de pierres précieuses. Deux statues d'hippocampes dorées trônaient devant chaque colonne.

Le garde a fait signe aux deux tritons qui étaient plantés de part et d'autre de la porte. Ils se sont écartés pour nous laisser passer. Au-dessus de nos têtes, des coquillages pendaient au plafond, attachés à des fils argentés qui tintaient au gré du courant.

On est entrés dans un magnifique hall, digne d'un hôtel de luxe. Le plafond était en forme de dôme. Des chandeliers en verre et en pierres précieuses diffusaient des arcs-en-ciel sur les murs. Au centre de la salle, des nuages verts jaillissaient d'un petit volcan et devenaient bleus en touchant le sol. Une fontaine sous-marine !

— Où sommes-nous ? ai-je demandé au garde.

— Tu te moques de moi ? a-t-il grogné. C'est le palais de Neptune.

Le palais de Neptune ? Qu'est-ce qu'on fabriquait ici ?! J'ai repensé à tout ce que Shona m'avait raconté à son sujet. Allait-il se mettre en colère ? Me transformer en statue de pierre ?

Pas le temps de réfléchir : le garde a traversé le hall, m'entraînant avec lui. Deux tritons aux longues queues noires sont passés à côté de nous, en pleine conversation. Une sirène nous attendait à côté d'une colonne dorée. Le garde lui a montré une carte. Elle a hoché la tête et s'est décalée, laissant apparaître un passage dans le mur derrière elle.

On s'est engouffrés à l'intérieur et on a traversé un labyrinthe de tunnels. Le garde a soulevé une trappe. Elle donnait sur une pièce rectangulaire aux murs de verre. Un aquarium géant… sauf que j'étais dedans, et les poissons dehors ! Le garde m'a demandé de m'asseoir sur un petit rocher, juste derrière un panneau : « ACCUSÉE ».

Accusée ? Accusée de quoi ?

Devant moi, des rangées entières de sièges en corail étaient occupées par des tritons et des sirènes. Tout le monde était bien habillé. Un triton portait une veste dorée avec un trident brodé sur le torse. Il feuilletait un dossier en discutant avec sa voisine. Derrière eux, un triton en costume noir avait l'air très agité, le nez enfoui dans une montagne de papiers.

Qu'est-ce qui m'arrivait ? *Qu'est-ce que je faisais ici ?*

Une sirène était assise face à la cour, derrière un bureau recouvert de roseaux et de piles de documents. Elle examinait ses ongles d'un air blasé. D'après le panneau, elle était greffière. Un calmar bougon était recroquevillé dans un coin du bureau, tentacules repliés.

Derrière lui, une table basse sertie de pierres précieuses et un trône resplendissant. Trois dents de trident décorées de perles et de corail faisaient office de dossier. Le siège était en or et en marbre, avec des vagues bleues sculptées au centre. Les accoudoirs étaient en forme d'hippocampes et la base du trône en diamant. Il surplombait la cour, vide mais imposant. La sirène n'arrêtait pas de jeter un œil vers l'entrée derrière le trône. Un bruit a attiré mon attention : deux gardes venaient d'entrer avec ma mère par une trappe au plafond. Elle portait un masque à oxygène.

Elle a balayé la cour du regard, l'air terrifiée. Quand elle m'a vue, elle m'a souri à travers son masque.

À l'extérieur de l'aquarium, des tritons et des sirènes s'installaient en rangs pour assister au spectacle. Une sirène bedonnante a détaché une anguille de son cou avant de s'asseoir. Elle a forcé les autres à se décaler pour poser un crabe incrusté de diamants sur le siège à côté d'elle. Un groupe de spectateurs avait l'air plus agités que les autres. Ils portaient des carnets et des appareils photo. Des journalistes !

Au fond de la pièce, une rangée d'hippocampes attendait, immobiles comme des soldats. Un coup de tonnerre a retenti. Un silence de plomb s'est abattu sur la salle. La greffière s'est agrippée à son bureau, les spectateurs à leur siège.

Des vagues puissantes ont secoué la salle. La porte s'est ouverte derrière le trône. Une flotte de dauphins est entrée en tirant un carrosse scintillant, avec un triton à son bord. Il mesurait au moins deux mètres, il avait une longue barbe blanche et la queue sertie de diamants éblouissants. Il est descendu du carrosse et s'est assis sur le trône. Il portait, dans sa main droite, un trident en or.

C'était Neptune !

Il a donné un coup de trident sur le sol. *BAM !* Les dauphins ont disparu avec le carrosse. *BAM !* La porte s'est fermée derrière eux. *BAM !* La mer a retrouvé son calme.

— DEBOUT !

Neptune a pointé son trident dans ma direction. Tout le monde s'était levé, sauf moi. J'ai obéi, espérant ne pas avoir aggravé mon cas. Il a échangé un mot avec la greffière. Elle a attrapé un roseau, piqué le calmar et écrit à l'encre noire. Agacée, la créature s'est tapie dans son coin.

— ASSIS ! a hurlé Neptune.

Les hippocampes se sont divisés en deux rangées et l'ont rejoint face à la cour. Le triton à la veste dorée s'est levé.

— APPROCHEZ !

Il a nagé jusqu'à Neptune, s'est penché en avant et a embrassé le diamant au bout de sa queue.

— Permettez-moi, Votre Majesté, de vous présenter le dossier du jour.

— Je vous écoute !

— Comme vous pouvez le constater, vous avez devant vous une sirène et une… *humaine*.

Il a grimacé en prononçant ce mot, comme s'il le rendait malade.

— Les deux accusées sont de connivence, Votre Majesté.

— Ne me faites pas perdre mon temps ! a hurlé Neptune en brandissant son trident. Je veux des FAITS !

Le triton a fouillé parmi ses dossiers.

— La jeune fille ici présente s'est introduite de force dans notre prison. Elle a détérioré une section de la Grande Barrière marine et agressé un de vos conseillers.

Neptune est devenu tout rouge. Le triton lui a tendu les documents. Il ne les a même pas regardés.

— L'*humaine* est la mère de l'accusée.

Neptune a hoché la tête, l'air impatient.

— Vous avez terminé, Glissalgue ?

— Une dernière chose, Votre Majesté… Nous avons découvert deux complices lors de l'arrestation : une sirène et une autre humaine.

Millie et Shona !

— Elles sont emprisonnées en attendant le verdict.

— MON verdict.

— Bien sûr, Votre Majesté ! *Votre* verdict. Elles attendent votre… décision divine.

— Merci, Glissalgue.

— Permettez-moi d'appeler notre premier témoin… M. Charles Nagedroit Beeston.

J'ai croisé les bras, furieuse. M. Beeston est entré. Il avait l'air… différent. J'ai mis quelques secondes à comprendre pourquoi : je ne l'avais jamais vu sous sa forme de triton !

Il a salué Neptune, évitant mon regard.

— Permettez-moi de me référer à mes notes, Votre Majesté.

À vos mensonges, ai-je pensé.

— Hier soir, j'ai voulu sauver l'accusée, en détresse à bord de son bateau. J'ai été assommé par un mât, puis attaché avec un filet de pêche par l'accusée et sa mère.

Il s'est éclairci la voix avant de continuer son histoire.

— Heureusement, Votre Majesté, ces personnes ne sont que des amateurs, et j'ai réussi à m'échapper.

Il a marqué une pause et levé les yeux vers Neptune.

— Je ne suis pas là pour vous envoyer des fleurs, Beeston ! CONTINUEZ !

— Bien sûr, Votre Majesté… J'ai sauté du bateau et j'ai nagé jusqu'ici, pour prévenir vos gardes.

— Parfait.

Neptune a donné un coup de trident.

— M. Finécaille ! Place à l'accusée !

Le triton en costume noir a bondi de son siège.

— Tout de suite, Votre Majesté.

— Debout ! a grogné le garde à côté de moi. C'est à ton tour.

Il a montré le trône du doigt. J'ai nagé jusqu'à Neptune et j'ai imité les autres : je l'ai salué et j'ai embrassé le diamant au bout de sa queue.

Neptune a passé une main dans sa barbe.

— Comprenez-vous les motifs de votre inculpation ?

— Je pense que oui.

— Avez-vous quelque chose à dire pour votre défense ?

— Euh…

Tout le monde me regardait. Un groupe de tritons parlait à voix basse. D'autres avaient l'air de se moquer de moi. J'ai croisé le regard de ma mère. Elle m'a souri sous son masque.

— Ne me faites pas perdre mon temps ! a grogné Neptune.

— Désolée, monsieur.

— MONSIEUR ?

— Votre Majesté ! Je... Je sais que ça peut paraître bizarre, mais je suis contente d'être ici.

Un murmure a traversé la foule. Les journalistes ont pris des notes.

— Elle est *contente* ? a murmuré un triton.

— C'est une blague ? a dit un autre.

— J'en ai toujours rêvé ! ai-je continué. Pas d'être accusée, ni de passer ma vie en prison, mais d'être ici, dans ce monde. Avec vous. Pour la première fois de ma vie, je me sens à ma place.

J'ai jeté un œil vers ma mère.

— J'ai beaucoup de chance. J'ai une mère géniale, qui m'a élevée toute seule. Mais j'ai aussi un père, grâce à qui je suis une sirène. Je suis fière de lui parce qu'il croit toujours en l'amour. Il est en prison depuis des années, mais ses sentiments pour ma mère n'ont pas changé.

J'ai défié Neptune du regard. Il avait l'air... attendri. Sa main était moins crispée sur son trident.

— Votre Majesté, on n'a pas le droit d'interdire à deux personnes de s'aimer.

Dehors, la sirène avec son crabe a essuyé ses larmes sur son anguille. Une autre a attrapé un mouchoir dans sa poche.

— Personne ne mérite de grandir sans ses parents. Tout ce que je voulais, c'était rencontrer mon père. Si vous pensez que l'amour est un crime, envoyez-moi en prison, et ma mère aussi ! Mais cette loi a été écrite il y a des siècles, Votre Majesté. Le monde a changé. Les humains ne sont pas tous mauvais. La preuve : un de vos conseillers les plus fidèles est né d'un père humain !

J'ai balayé la salle du regard, à la recherche de M. Beeston.

— Je voulais juste voir mon père, ai-je soupiré.

Neptune m'a fixée un instant, avant de donner un gros coup de trident. *BAM !*

— Comment OSEZ-VOUS critiquer mes lois ?

Il s'est levé de son trône. La porte s'est ouverte derrière lui.

— La séance est levée !

Les dauphins sont entrés dans la salle. Il a sauté dans son carrosse. Moi, j'ai repris place sur mon rocher en attendant le verdict.

Chapitre 16

Tout le monde s'est mis à chuchoter, un peu comme dans la salle d'attente du médecin. Comme si lever la voix était un crime. Peut-être que c'était le cas par ici.

Ma mère a enfoui la tête entre ses mains. Les minutes ont passé. Certains spectateurs sont partis. D'autres ont mangé des sandwiches aux algues. Puis la porte s'est ouverte, et Neptune est entré. Il s'est installé sur son trône et a attendu le silence pour parler.

— Emily Claquevent ?

Je me suis levée.

— Marie Pénélope Claquevent ?

Ma mère s'est levée.

— Vous avez osé me défier, moi et MES lois ! Mon royaume est régi par ces textes depuis des générations. *Je* les invente, *vous* les respectez. C'est pourtant simple !

Ma gorge s'est nouée. J'ai essayé de m'imaginer enfermée dans une cellule, à compter les coquillages et à dormir sur un lit d'algues pour le restant de mes jours.

Neptune m'a regardée droit dans les yeux. Combien d'années passerais-je en prison ? Dix ans ? Vingt ans ? Une vie entière ? Quand il a repris son discours, sa voix avait changé. Il a parlé si bas que j'ai dû tendre l'oreille.

— C'est inacceptable… mais vous avez aujourd'hui touché un sujet au-delà de la loi, et de toute punition.

J'ai retenu mon souffle. Il a donné un coup de trident.

— Vous êtes libres !

Sous le choc, la foule s'est mise à murmurer. Neptune a brandi son trident. Tout le monde s'est tu.

— Vous aviez raison, jeune fille. Aimer n'est *pas* un crime. Madame Claquevent, votre mari sera aussi libéré… à une seule condition. Vous rejoindrez tous les trois une communauté sur une île, un lieu tenu secret. Si vous brisez cette règle, vous serez punis. Compris ?

J'ai hoché la tête. Je n'arrivais pas à y croire ! J'allais revoir mon père !

Le triton à la veste dorée s'est levé.

— Pardonnez-moi, Votre Majesté, mais qu'en est-il de l'autre sirène ?

— Qu'elle aille vivre avec eux. Discutez-en avec ses parents. Sinon, qu'on lui efface la mémoire.

— Très bien, Votre Majesté.

Neptune a balayé la salle du regard.

— En rentrant chez vous, dites à vos amis et vos familles que votre roi est sévère, mais juste, et qu'il n'interdira plus aux gens de s'aimer.

Il s'est levé de son trône et s'est dirigé vers le carrosse.

— Affaire classée !

Tout s'est enchaîné très vite. La foule a applaudi et hurlé de joie. Certains m'ont même serré la main.

— Je peux y aller ? ai-je demandé au garde.

Il a détaché les menottes. Je suis sortie de la salle d'audience. Dans le hall, une sirène avec un chignon m'a prise par la main.

— Ta mère a déjà été escortée. Viens avec moi.

Elle m'a guidée vers un bateau qui ressemblait à la fois à une limousine et à un sous-marin. Long et blanc, avec des poignées dorées. Un essaim de journalistes nous attendait devant.

— Comment vous sentez-vous, Emily ?

— Je suis très heureuse ! Il me tarde de voir mes parents ensemble !

Le journaliste a noté ma réponse sur son carnet. La sirène m'a tenu la portière et je suis entrée dans le bateau. Il y avait déjà quelqu'un à l'intérieur… Shona !

— Emily !

Elle m'a serrée fort dans ses bras. L'autre sirène s'est installée à l'avant.

— Attachez vos ceintures !

Le bateau a foncé comme une flèche. J'ai tout raconté à mon amie.

— On va vivre sur une île avec mon père ! Ils ont même dit que tu pouvais venir vivre avec nous !

— Génial !

Je ne lui ai pas parlé de l'autre possibilité. J'espérais que ses parents accepteraient de déménager.

Le bateau s'est incliné en se dirigeant vers la surface. La sirène a ouvert une porte au plafond et m'a serré la main.

— Bravo, Emily. Tu as été très courageuse.

— À bientôt ! a dit Shona en me prenant une dernière fois dans ses bras.

Je suis montée sur le toit du bateau. La lumière du jour m'a éblouie. J'ai cligné des yeux. Un groupe de tritons attendaient devant le *Roi*, des cordes à la main. Ma mère était sur le pont, penchée en avant. Je me suis mise sur la pointe des pieds. Elle discutait avec mon père ! Il était bien là, avec ses cheveux bruns et ses yeux marron. Lorsqu'il m'a vue, son visage s'est illuminé et il a nagé jusqu'à moi.

— Papa !

— Mon trésor !

J'ai plongé et je me suis jetée dans ses bras. Ensemble, on a nagé jusqu'au bateau. Ma mère nous a tendu la main.

Ma famille était à nouveau réunie.

Des journalistes nous ont encerclés. L'un d'eux a collé un micro en forme de champignon devant mon père.

— Bonjour, monsieur Claquevent ! Simon Hautemer, de Radio Marine. Vous avez fait fondre le cœur de

Neptune et marqué l'Histoire. Qu'est-ce que vous ressentez ?

Mon père a éclaté de rire.

— Marqué l'Histoire ? Si seulement je pouvais revenir douze ans en arrière et profiter de ma femme et de ma fille !

— Madame Claquevent, il paraît que votre baby-sitter a joué un rôle dans cette aventure ?

Millie ! Je l'avais oubliée ! Elle était assise sur une chaise en plastique à l'avant du bateau. Elle était en train de tirer les cartes à un triton perché sur la rambarde.

— Nous lui devons beaucoup, a répondu ma mère.

Le journaliste s'est tourné vers moi.

— Vous êtes très courageuse, Emily. Avez-vous envie de remercier quelqu'un ?

— Bien sûr ! Je remercie ma mère, et aussi mon père de nous avoir attendues pendant toutes ces années. Merci à Shona, ma meilleure amie. Sans elle, je ne serais pas allée loin. Et n'oublions pas Millie, qui s'est endormie pile au bon moment !

Le journaliste a éclaté de rire. Mon père m'a embrassée sur la joue. Du coin de l'œil, j'ai aperçu une silhouette familière. Des tritons et des sirènes discutaient et riaient entre eux, mais M. Beeston était seul. Il a levé la tête et m'a souri, comme pour s'excuser.

Et je lui ai pardonné.

Ou presque.

J'avais un service à lui demander en échange de tout ce qu'il nous avait fait subir. J'ai nagé jusqu'à lui, et j'ai chuchoté ma demande dans son oreille.

— Effacer la mémoire de trente personnes ? s'est-il écrié. C'est très risqué !

— S'il vous plaît, monsieur Beeston ! Vous me devez bien ça.

Il m'a regardée droit dans les yeux.

— D'accord, petite. Je vais voir ce que je peux faire.

Ce jour-là, je me suis faite toute petite au bord de la piscine. Les autres élèves bavardaient en attendant le début de la leçon. Julie était avec Mandy, mais je m'en fichais. Je n'avais pas besoin d'elle. J'avais Shona, et c'était tout ce qui comptait.

Quand Bob est arrivé, j'ai fait un pas en avant et j'ai levé la main.

— S'il vous plaît, monsieur ! J'aimerais vous montrer quelque chose.

Bob a froncé les sourcils.

— Qu'est-ce qui se passe ?

— Je me suis entraînée.

— Parfait. On te regarde.

— Frimeuse, a murmuré Mandy.

J'ai jeté un œil par la fenêtre. Elle était trop haute. Je ne voyais pas l'extérieur, mais je savais que M. Beeston n'était pas loin. Il me l'avait promis.

J'avais cinq minutes devant moi. Cinq minutes pour être libre, pour être moi-même et, surtout, pour choquer Mandy ! J'ai plongé et j'ai nagé jusqu'au bout de la piscine. Mandy a éclaté de rire.

— Tu n'es pas la seule à savoir nager sous l'eau !

Tandis qu'elle se moquait de moi, la transformation avait déjà lieu. Ma queue est apparue, et avec elle un élan de confiance. J'ai mis la tête sous l'eau et j'ai donné un coup de queue à la surface, pour que tout le monde la voie. J'ai nagé en cercle, de plus en plus vite. Je suis remontée à l'air libre et j'ai levé la tête. Un silence de plomb. Trente bouches grandes ouvertes.

Mandy a avancé d'un pas.

— Mais… Mais… Comment…

J'ai éclaté de rire.

— Tu sais quoi, Mandy ? Je n'ai pas peur de toi. Je me fiche de tes insultes. Tu ne m'empêcheras pas d'être heureuse et tu ne m'embêteras plus jamais, parce que je m'en vais. Je vais vivre sur une île, avec d'autres gens comme moi.

Quelqu'un a frappé à la porte. Bob, encore sous le choc, l'a ouverte. M. Beeston était à l'heure. Il a dit quelque chose à Bob, qui s'est tourné vers la classe, l'air confus.

— M. Beeston est gardien de phare. Il est venu vous présenter son métier.

M. Beeston s'est planté devant les élèves, un sac à la main.

— Bonjour, les enfants ! Aujourd'hui, on va parler de phares, et des dangers de l'océan.

Il a ouvert le sac.

— Mais avant de commencer… qui veut un beignet ?

Je me suis dirigée vers la sortie pendant que M. Beeston distribuait les beignets. Bientôt, tout le monde m'oublierait !

— Merci, ai-je dit en passant derrière lui.

Il a hoché la tête. Je me suis changée dans les vestiaires et je suis sortie du bâtiment en souriant.

— Adieu, les sixième C.

Je leur ai tourné le dos, et je suis partie.

On a déménagé le soir même. Ma mère, mon père et moi, en route pour un nouveau monde. Je ne savais pas ce qui m'attendait, mais je savais que ma vie de sirène ne faisait que commencer.

Mais, chut… c'est un secret.

Remerciements

De nombreuses personnes m'ont aidée à faire voyager ce livre de mon ordinateur à vos mains. J'aimerais remercier :

Maman, d'avoir su me calmer et me réconforter.

Papa, d'avoir remarqué les détails que d'autres n'avaient pas vus.

Peter B, pour le titre.

Kath, pour son œil d'aigle.

Helen, pour tout ce que j'ai appris en travaillant à ses côtés à Cornerstones.

Cameron, de m'avoir prêté ses livres sur la vie sous-marine, avec de magnifiques photos et des faits fascinants.

Cath, qui n'a rien à voir avec ce livre, mais qui a été une formidable amie pendant que je l'écrivais.

Un merci tout particulier à :

Lee, pour son amitié inspirante et son accord avec moi et mes personnages.

Jill, qui a vécu cette aventure avec moi et qui a accepté de discuter de sirènes pendant des heures sans se plaindre.

Catherine, pour son soutien et ses conseils, et pour avoir trouvé une si belle maison à Emily.

Et Judith et Fiona, mes éditrices parfaites.

En coulisses avec Radio Marine

Mesdames et messieurs, sirènes et tritons, Radio Marine est fière de vous offrir le premier épisode d'une toute nouvelle série d'interviews avec vos héros préférés. Je m'appelle Simon Hautemer et je suis aujourd'hui en présence de Shona Nagesoie.

Simon : Bienvenue, Shona.

Shona : Bonjour, Simon.

Simon : Il va falloir parler un peu plus fort…

Shona : Désolée ! Je suis un peu stressée. C'est la première fois que je passe à la radio.

Simon : Racontez-nous tout, Shona. D'abord, vos cheveux.

Shona : Mes cheveux ?

Simon : Ils sont sublimes ! Brillants et soyeux.

Shona : Merci.

Simon : Quel est votre secret ?

Shona : Ce n'est pas vraiment un secret, mais plutôt une routine de soins.

Simon : Dites-nous tout.

Shona : Quand je me lève le matin, mes cheveux sont indomptables. La première chose que je fais, c'est les laver avec un shampoing aux algues. Ensuite, j'utilise du jus de méduse en après-shampoing. Enfin, je les brosse cent fois le matin et cent fois le soir !

Simon : Impressionnant ! Moi, je me contente de les peigner avec une anémone. Je vais suivre vos conseils. Maintenant, parlez-nous un peu de vous. Quelle est votre matière préférée ?

Shona : Beauté et tenue.

Simon : Pourquoi ?

Shona : Parce qu'on apprend à bien se comporter, bien parler, et à être la meilleure sirène possible. J'adore découvrir de nouvelles choses ! Vous saviez qu'on peut rendre notre queue deux fois plus brillante en appliquant une goutte d'encre de seiche tous les matins ?

Simon : Non, je ne savais pas.

Shona : Voilà ce qu'on apprend en cours de beauté et tenue ! On apprend aussi à chanter assez fort pour être entendue à des kilomètres, et à nager avec grâce. C'est super !

Simon : Ça a l'air super… pour vous. Un peu moins pour moi.

Shona : (éclate de rire)

Simon : Et la matière que vous aimez le moins ?

Shona : Fouille d'épaves. Je n'aime pas traîner des vieux objets rouillés. Ça abîme les ongles. Mais l'autre jour, on a trouvé un vieux cerceau, et Emily m'a appris à faire du hula hoop ! C'était marrant. On allait tellement vite qu'on a créé un tourbillon ! Ensuite, on s'est amusées à nager au milieu, et deux dauphins nous ont rejointes.

Simon : Formidable ! Je pense déjà connaître la réponse à la prochaine question, mais je vais quand même la poser. Qui est votre meilleure amie ?

Shona : Emily Claquevent !

Simon : Pourquoi ?

Shona : Parce que c'est la personne la plus loyale que je connaisse. Elle se bat pour un monde plus juste, et elle est prête à prendre des risques pour les autres. Et puis, elle est très drôle !

Simon : Qu'est-ce que vous aimez faire ensemble ?

Shona : On passe beaucoup de temps à explorer l'océan. Grâce à Emily, je me sens plus courageuse qu'avant. Aujourd'hui, Neptune avait organisé un buffet pour célébrer la fin du procès. Avec Emily, on a rempli nos assiettes de gâteaux au caviar et de soufflés aux algues, et on est parties.

Simon : Où ça ?

Shona : On a nagé jusqu'à la Grande Barrière marine. Là-bas, on a découvert une caverne. Un homard montait la garde. Emily lui a fait des chatouilles et il nous a laissées entrer. Il y avait plein de poissons-lanternes au fond de la grotte. On aurait dit des bougies ! On a passé l'après-midi à pique-niquer en se racontant nos secrets.

Simon : Et si vous deviez vous décrire en trois mots ?

Shona : Euh… Une bonne amie.

Simon : Quels sont vos loisirs préférés ?

Shona : J'adore chanter. Il paraît que j'ai une belle voix. Je passe des heures à m'entraîner dans ma chambre.

Simon : Quelle est votre chanson préférée ?

Shona : Il y en a trop ! J'adore les chants de sirènes. Les mélodies sont envoûtantes. Parfois, je me fais pleurer moi-même !

Simon : Vous voulez en faire votre métier ?

Shona : Je ne sais pas. J'adore chanter, mais je suis moins convaincue par… l'autre partie du travail.

Simon : Attirer les pêcheurs pour qu'ils se noient ?

Shona : Oui. Ces dernières semaines m'ont ouvert les yeux sur plein de choses.

Simon : C'est-à-dire ?

Shona : Les relations entre sirènes et humains. Avant, je pensais que les humains étaient nos ennemis. C'est ce qu'on nous apprend à l'école. Mais j'ai découvert que ce n'était pas aussi simple.

Simon : Je comprends. Avant de conclure cette interview, j'ai quelques questions rapides à vous poser. Votre couleur préférée ?

Shona : Je peux tricher ?

Simon : Si vous voulez.

Shona : Dans ce cas, toutes les couleurs de l'arc-en-ciel.

Simon : Votre animal préféré ?

Shona : Le dauphin !

Simon : Votre plat préféré ?

Shona : Le gâteau au crabe de ma mère.

Simon : Votre endroit préféré ?

Shona : Euh… Je peux en choisir deux ?

Simon : Bien sûr.

Shona : L'aire de jeux et les Rochers arc-en-ciel. Le premier pour m'amuser, et l'autre pour chanter.

Simon : Votre objet préféré ?

Shona : Ça.

Simon : Pour nos auditeurs qui ne voient pas ce que Shona a dans la main, il s'agit d'un galet.

Shona : Pas n'importe quel galet ! C'est un galet d'amitié. Emily a le même. La preuve qu'on sera toujours là l'une pour l'autre.

Simon : Adorable ! Une dernière question. De quoi votre avenir est-il fait ?

Shona : J'espère aller vivre sur la même île qu'Emily. Mes parents n'ont pas encore décidé. Je croise les écailles pour qu'ils disent oui !

Simon : Je vous le souhaite, Shona. Les auditeurs de Radio Marine se joignent à moi pour vous remercier de votre présence, et vous souhaitent une belle journée !

Shona : Merci. Bonne journée à vous aussi !

« Pour l'éditeur, le principe est d'utiliser des papiers composés de fibres naturelles, renouvelables, recyclables et fabriquées à partir de bois issus de forêts qui adoptent un système d'aménagement durable. En outre, l'éditeur attend de ses fournisseurs de papier qu'ils s'inscrivent dans une démarche de certification environnementale reconnue. »

PAPIER À BASE DE FIBRES CERTIFIÉES

hachette s'engage pour l'environnement en réduisant l'empreinte carbone de ses livres. Celle de cet exemplaire est de : 300 g éq. CO_2 Rendez-vous sur www.hachette-durable.fr

Composition et mise en page : PCA

Achevé d'imprimer en Espagne par Industria Grafica Cayfosa
Dépôt légal 1re publication mai 2018
63.2281.6 - ISBN : 978-2-01-700723-4
Edition : 05 - Dépôt légal : avril 2019

Loi n° 49-956 du 16 juillet 1949
sur les publications destinées à la jeunesse